तुका म्हणे तुका म्हणे

तुका म्हणे तुका म्हणे तुका म्हणे

तुका म्हणे तुका म्हणे तुका म्हणे

तुका म्हणे तुका म्हणे तुका म्हणे

Dilip Chitre

Worte des Tukaram

aus dem Englischen von Lothar Lutze

A1 Verlag

Für Günther-Dietz Sontheimer (1934–1992)

Worte sind die einzigen
Juwelen die ich besitze
Worte sind die einzigen
Kleider die ich trage
Worte sind die einzige Nahrung
Die mein Leben erhält
Worte sind der einzige Reichtum
Den ich unter die Leute verteile

Sagt Tuka
Sehet das Wort
Es ist Gott
Ich huldige ihm
Mit Worten

Vorbemerkung des Übersetzers

Dieses Buch ist das Zeugnis der geistigen Begegnung zwischen dem 1608 geborenen indischen Mystiker Tukaram und Dilip Chitre (geb. 1938), einem der angesehensten Vertreter der indischen Gegenwartsliteratur.
Tukaram schrieb seine Verse in Marathi, einer der großen Literatursprachen Indiens, die heute von knapp acht Prozent der Bevölkerung gesprochen wird. Sein Geburtsort Dehu, unweit von Pune im Bundesland Maharashtra, an dem noch immer Nachkommen von ihm leben, ist heute ein vielbesuchter Wallfahrtsort. Über Tukarams Leben ist nur wenig bekannt, so daß man weitgehend auf in seinen Gedichten verstreute Andeutungen angewiesen ist.
Dilip Chitre ist als Lyriker, Übersetzer, Essayist und Filmemacher in ganz Indien bekannt. Er ist mehrfacher Träger des Preises der zentralen Literaturakademie. Auch im Westen ist er seit längerem kein Unbekannter mehr, nicht zuletzt in den deutschsprachigen Ländern. Eine Auswahl seiner Lyrik findet sich in dem 1996 erschienenen Band »Bombay–Mumbai, Bilder einer Megastadt«.
Chitre schreibt in zwei Sprachen: Marathi und Englisch. Diese beiden Sprachen repräsentieren zwei Seiten seines lyrischen Ichs: den in der lokalen Tradition verwurzelten Inder und den viel- und weitgereisten Kosmopoliten. So ist es möglich, daß er sich bei seiner Übertragung der Gedichte Tukarams einerseits mit seinem Kollegen aus dem 17. Jahrhundert identifizieren und andererseits dessen Verse in moderne englischsprachige Poesie verwandeln kann. Dabei bewegen sich seine sprachlichen Möglichkeiten zwischen derber Vulgarität – oft in amerikanischem Slang – und hymnischem Überschwang.
Tukaram ist der jüngste der vier großen Varkari-Poeten aus Maharashtra. Wie seine drei Vorgänger – Jnandev (1275–1296), Namdeo (1270–1350) sowie Eknath (1533–1599) – wählt er für seine Kompositionen den »abhang« (sprich: a-bhang), eine wahrscheinlich aus der Volksdichtung stammende vierzeilige Strophenform.
Chitre weist in seinen Anmerkungen auf die besondere Flexibilität des »abhang« hin, und eben diese Flexibilität macht er sich für seine Übersetzung ins Englische zu-

nutze. Die schöpferische Freiheit, mit der Chitre zu Werke geht, sei hier an einem Beispiel illustriert. Die Nr. 2239 der zugrundeliegenden Tukaram-Originalausgabe lautet in einer originalnahen deutschen Übersetzung:

Es stimmt weder vorn noch hinten
Du machst mir zu schaffen, Herr

Ich bin am Ende mit meinen Kräften
Meine Künste versagen

Was ich sagte verflog am Himmel
Ich steh wieder unten wie vorher

Tuka meint: ich bin wie gelähmt
Ich staune bin ganz benommen

Daraus wird bei Chitre:

Where does one begin with you?
O Lord, you have no opening line
It's so hard to get you started

Everything I tried went wrong
You've used up all my faculties

What I just said vanished in the sky
And I've fallen to the ground again

Says Tuka: my mind is stunned
I can't find a word to say

Der moderne Dichter verwandelt Gott in das sich ihm verweigernde Gedicht. Aus dem Ringen mit und um Gott wird eine schöpferische Krise.
Diese Art des Umgangs mit dem Originaltext erinnert am ehesten an die Behandlung eines Raga durch den indischen Musiker, der im Spannungsfeld zwischen strenger Gesetzmäßigkeit und kreativer Improvisation die melodische Grundstruktur des Raga zur Entfaltung bringt. Chitre betont, daß er dabei die übersetzerische Verantwortlich-

keit gegenüber dem Original nicht vernachlässigt. Es überrascht daher nicht, daß der verstorbene S. G. Tulpule, einer der international angesehensten Fachgelehrten auf diesem Gebiet, mir auf meine Frage nach einer gelungenen Tukaram-Übersetzung ins Englische ohne Zögern Chitres »Says Tuka« empfahl.
Jedes Zeitalter schafft sich seine Klassiker. Chitres Tukaram ist der unsere. In seiner Auswahl und Anordnung der Tukaram-Gedichte entsteht die poetische Autobiographie eines Aussteigers, eines scheinbaren gesellschaftlichen Versagers, eines Heiligen fast wider Willen, vorgetragen ohne alle Bigotterie, mit viel Selbstironie und -kritik, ja Humor. So gewinnt der Leser einen tiefen Einblick in eine Religiosität, die, fest im Diesseitigen begründet, es am Ende entschlossen hinter sich läßt.

Dehu: November 1988

1

Ich habe Vitthals Licht
Nie gesehen
Nur Tukarams
Flüchtigen Schatten

Flüchtiges Rauschen
Des den Himmel
Ritzenden
Fluges

Dicht über
Mein Gesicht
Glitt der Schatten

Seitdem
Bin ich so gedunkelt
In diesem Leben

2

Noch immer sieht man in Dehu
Das Tief im Fluß
Wo in Tukobas Blick
Wasser zu Himmel wurde

Dort
Im Tief der Seligkeit
Schlug die Seligkeit
Wellen

Auch in meine Augen
Trat Wasser beim Anblick
Des Indrayaniflusses

3

Vom Bhandaraberg oben
Sieht man das ferne Dehu

Unten aus der Nähe
Am Ghat das am andern
Ufer gebaut ist
Seh ich
Im Häuserdurcheinander
Die Tempelspitze nicht
Auch nicht die alte Veranda
Wo Tukoba selig war
Oder das rauschende Fest
Wie Bahinabai es beschrieben hat

Beim Anblick des Flusses
Denk ich an
Den dreizehntägigen Durst
Ich denk dran doch
Wie kommt's daß ich es nicht sehe
In dieser prallvollen Szene
Ist kein Platz unbesetzt

Fast jeder führt den
Nachnamen More
In dieser wunderlichen Ortschaft

4

In dieser Hungerzeit
Starb eine Frau vor seinen Augen
Sein Haus zerfiel
Die Familie lag auf der Straße
Bankrotterklärung
Im Dorf Gespött und Gespei

Tukoba saß unbewegt

Dann verbarg lange Zeit
Er sein Gesicht
Irrte durch Heide und Wald
Wörter murmelnd

Aus Wörtern wurden Hummeln
Die hefteten sich
An Tukobas Fersen

Pandurang Pandurang
Nur dieses Summen
Pandurang Pandurang
Aus Hummeln wurden
Pechschwarze Kirtangesänge
Pandurang Pandurang
Eine Hummel wurde Namdeo
Eine wurde Pandurang
Beide drangen in seinen Traum
Bohrten den ersten abhang

5

Während ich meinem knapp vierjährigen Enkel
Die Geschichten von Tukaram erzählte
Hielt ich plötzlich inne

Worum es eigentlich ging
Konnte ich nicht erzählen

In einer Welt ohne Mitte
Sollte man selbst zur Mitte werden
Es gibt Einzelheiten von früher
Die verbinden sich ganz von selbst

Das Dehu das mein Enkel mochte
Hatte noch keinen Tukaram
Für ihn war's das Paradies
Oder wenigstens Pandharpur
Mit Vithobas Figur war er vertraut
Der Name Pandharpur war ihm bekannt
Aber Tukaram
Konnte er sich nicht vorstellen

Und den Tukaram den ich kannte
Umgab dieses
Dehu nicht
Beim Versuch an Tukaram zu denken
Erschien mir der Mann aus
Dehu nicht
Nur eine heisere Stimme
Sang einen abhang
Und alle Handschriften
Zusammen mit Narayana
Versanken im Fluß

6

Dies ist kein Problem des zwanzigsten
Oder des einundzwanzigsten Jahrhunderts
Aber angenommen
Ich versenkte meine englische
Tukaramübersetzung in diesen Fluß
Und säße dreizehn Tage ohne Brot und Wasser
Narayana unter Druck setzend
Würde er meine Handschriften
Dann retten
Und angenommen ich versenkte sie
In einen Fluß wie Themse oder Hudson
Der kein Marathi-Ufer hat
Der durch eine fremde Sprache fließt
Würde man dann später
Mir Glauben schenken
Die Frage nach der Glaubwürdigkeit
War nie eine die Tukaram
Allein angeht

Dilip Chitre

aus dem Marathi von Lothar Lutze

9 Dichter sein

Es war bloß ein Traum
Namdeo und Vitthal
Erschienen mir im Traum

Mach du gefälligst Gedichte
Sagte Namdeo
Hör auf deine Zeit zu vergeuden

Vitthal gab mir das Versmaß
Und einen Klaps
Um mich zu wecken
Aus meinem Traum
Im Traum

Die Gesamtsumme
Der Gedichte die Namdeo zu schreiben gelobte
War eine Billion
Sagte er
Alle ungeschriebenen, Tuka
Fallen auf dich

Gewährtest du mir
Nur Zuflucht, Herr
Dir zu Füßen zu weilen
In einer Reihe von Heiligen

Ich hab schon hinter mir gelassen
Die Welt die mir lieb war
Steh nicht still
Du bist am Zug jetzt

Meine Kaste ist niedrig
Meine Herkunft gering
Ein bißchen Hilfe von dir
Hält lange vor

Dank Namdeo
Hast du mich besucht
In einem Traum und der ließ mir zurück
Poesie

Das ist wirklich ungewöhnlich, Hari
Es heißt du linderst Leid
Und hier steh ich, dein treuer Diener
Und mein Haus ist heimgesucht von Poesie

Je mehr ich glänze mit Gedichten dir zum Lob
Desto mehr läßt mein Werk scheint's zu wünschen übrig
Das ist noch so ein erstaunlicher Widerspruch
Sorge ist der Lohn für Achtsamkeit

Sagt Tuka: Herr, gerade wird mir's klar
Dir zu dienen ist die äußerste Schwierigkeit

Bin ich ganz vom Boden abgehoben
Bilde mir ein daß ich Gedichte schreibe
Bestimmt werden die Dichter dich loben
All die Prominenten lachen über mich

Des Lebens schwerste Prüfung
Muß heute mir gelingen
Wovon ich keine Ahnung hab
Davon soll ich jetzt singen

Ich bin das Unschuldslamm das sündigen soll
Was ich anstellen muß kann ich nicht sagen
Anfänger bin ich in der Kunst ganz unbeschlagen
Mein Meister selbst ist mir verhüllt

O Herr, erleuchte und begeistre mich
Sagt Tuka: meine Zeit vollendet sich

Wo beginnt man mit dir
O Herr, du hast keine Anfangszeile
Es ist so schwer dich in Gang zu setzen

Alles was ich versuchte ging schief
Du hast alle meine Möglichkeiten erschöpft

Was ich eben noch sagte hat sich in Luft aufgelöst
Und ich lieg wieder am Boden

Sagt Tuka: ich bin wie betäubt
Mir fällt nicht ein einziges Wort ein

Alles was ich fühle
Ist Gott
Gott ist alles
Was ich glaube

Der
Die Welt
Entstehen ließ
Läßt mich
Sprechen

Nicht ich war's der
Diese Worte
Herbeirief
Die Idee ist
Seine

Ich hab nicht versucht
Eine Berühmtheit
Zu werden
Du wärst ein Glückskind
Wenn du wüßtest
Was ich meine

Sagt Tuka
Was ich sage
Muß wahr sein
Denn es kommt
Von ihm

Ich spreche
Und sie meinen
Es ist Poesie
Doch ich weiß
Daß er
Mich noch
Nicht liebt

Er geht nicht ein
Auf meine Poesie
Narayana
Mag sie
Überhaupt nicht

Meine Zunge soll sich schämen
Daß sie überhaupt zu sprechen wagt

Ich weiß ich war niemals gut
Im Nachdenken
Ich red so vor mich hin

Sagt Tuka
Was für eine ungeheure
Verschwendung
O Herr von Pandhari
Was hältst du
Von all diesen Gedichten

Er, der diese Gedichte
Durch mich spricht
Ist der einzige der weiß
Wie sie gemacht wurden

Fragt mich nicht
Ich trage sie nur
Wie seine eigne Last
Und bettle um Brot
Wenn ich hungrig bin

Er gab mir das Maß
Ich verteile nur seine Gaben
Wenn er es verlangt
Ich bin nur der Helfer
Er ist der Chef
Ich bin sein leeres Maß
Gefüllt mit seinem Korn
Geleert wenn er es befiehlt

Pandurang ist
Mein Schöpfer
Und er ist
Der Gebende

Die wirkliche Welt gehört
Den Eltern
Ein Kind spielt nur
Das Spiel
Ahmt das Leben der Eltern nach
Seine Kühe und Büffel sind wirklich
Meine sind Spielzeug aus Ton

Sagt Tuka
Es ist Vitthal
Der mir die Worte
Aus dem Mund nimmt

Immer wenn ich dich anrede
Drehst du mir den Rücken zu
So hab ich gelernt zu verstehen
Was du für mich fühlst

Ich bekomme nicht was ich von dir will
Denn ich interessiere dich nicht
Du hältst auch nichts von dem was ich zu sagen versuche
Denn ich habe nicht deinen Stil

Du tust als ob du dir anhörst
Was ich hier und jetzt sage
Doch das ist bloß ein Trick um mich zu beschwichtigen
Denn du scheinst in Gedanken immer woanders zu sein

Sagt Tuka: ich beobachte jede Bewegung von dir
Ich weiß alles über deinen ruhelos schweifenden Geist

Du läßt mich nicht einmal ausreden
Warum sollte ich dann in leere Schalen gucken

Komm überzeuge mich wo ich jetzt bin
Und, Herr, ich werde mein Bestes tun

Ich hab wieder und wieder mein Möglichstes getan
Wie lange muß ich noch warten auf dich

Sagt Tuka: ich weiß nicht mehr weiter
Und dir zu Füßen gerat ich
Ins Wanken

Du gibst ein bißchen her
Um das Ganze zu verweigern
Meiner Mühe scheint die Kraft
Zu fehlen die Früchte trägt
Meine Lieder mahlen eine leere Handmühle
Denn du versagst mir sogar das Korn

Sagt Tuka: ich herrsch über meine Welt
Mein Königreich ist ein leerer Teller

Glaube nicht
Es ist Selbstmitleid

Ich fühle nur
Großes Bedauern weil
Ich dein Ansehen
Nicht bewahren kann

Ach, Govinda
Ich möchte nicht
Hören wie
Dein Name
Verunglimpft wird

Sagt Tuka
Ich möchte nur
Daß die Sache des Herrn
Nicht
Zur Peinlichkeit wird

Also dann, Gott
Erwartest du jetzt von mir
Daß ich mich nur ernähre
Und die Welt belustige
In Gestalt deines Verehrers
Dann sag's dieses eine Mal
Unzweideutig
Denn ich kann diese Qual
Nicht ertragen

Oder möchtest du daß ich Gedichte schreibe
Indem ich zwanghaft Sätze
Fabriziere und zu Papier bringe

Sprich deutlicher, Narayana, sagt Tuka
Soll ich mich nur um mich selbst kümmern
Selbst wo ich jetzt
Am Ende bin

Mutter
Sieh mich an
Mit
Liebevollen Augen
Wie verzagt ich bin

Stille
Meine Seele
Und
Das ist
Keine Metapher

Ich bin verrückt
Nach der Wahrheit
Nur deshalb schlag ich mich
Mit Wörtern herum

Hab Mitleid mit mir
Sagt Tuka, ich bin geschafft
Denn mein Leiden
Ist echt

Mein Auftrag
Raubt mir
Den Atem

Es war richtig
Was
Narayana tat
Er machte aus meinen Juwelen
Einen Teil von mir

Wörter kamen heraus
Wie blitzende Steine
Tief in mir
War er der Schacht

Worte
Erfahrung
Der Sinn
Ohne Ende
Zu sein

Sagt Tuka
Ananta ist
Der Unendliche
Mein Geschenk
Hat keine Grenzen

Ich weiß nicht
Was bedeutet
Was ich sage
Nicht ich bin's
Der spricht
Versucht mich zu verstehen
Ihr Heiligen
Werdet nicht gleich
Wütend
Nicht ich bin's der spricht
Es ist Pandurang
Ich bin besessen von ihm
Er hat diesen Leib übernommen

Mit welcher Autorität
Soll ich
Ein Idiot
Schon sprechen
Wie kann ich sprechen
Von jenseits
Der Schriften
Rama Krishna Hari
Mukunda Murari
Ist alles was ich
Murmeln kann

Sagt Tuka
Durch den Segen
Meines Gurus
Steh ich
Auf meinen Füßen
Meine ganze Last
Wird getragen
Von Pandurang

Ich spiel dieses Spiel
Zu seinen gesegneten Füßen
Diese Metrik führt
In keine Sackgasse

Mein Erzeuger steht reglos
Auf dem Ziegel
Sieht mir zu
Mit Nachsicht

Die Worte die ich spreche
Sind Sakrament
Was ich spreche
Ist keine Ketzerei

Sagt Tuka
Ich bin das Becken
Des wachsenden Gefühls
Pandurang oben
Spiegelt sich in mir

Ich spreche
Wie man mir beigebracht hat
Zu sprechen
Ich fühle nicht so
Wie ich spreche

Es besteht kein Zweifel mehr
O Herr
Ich tauge zu nichts

Ich bin kein Einsiedler
Geworden
Ich hab nicht gehandelt
Wie ich mir's vornahm

Sagt Tuka
Weder ist
Mein Geist gefestigt
Noch
Beherrsche ich
Meine Worte

Meine erste Strophe soll die drei Welten aufreihen
Ich will singen von meinem heiligen Pandurang

Meine zweite Strophe wird nirgendwo ihresgleichen
finden
In Menschenmengen und Wäldern find ich Pandurang

Meine dritte Strophe ist unergründlicher Raum
Die Ganzheit Gottes ist Wälder und Menschenmengen

Meine vierte Strophe ist Mühle und Mahlgut von allem
Ich mahl alles zu einem Wesen, Pandurang

Meine fünfte Strophe ist mein Zuhause wo ich
geboren bin
Ich will singen von Pandurang fort und fort

Meine sechste Strophe hebt an wo die sechs Schriften
enden
Und da ist mein Guru, Pandurang

Meine siebente Strophe ist stetes Erinnern
Pandurang in meinen Augen vollkommen reglos

Meine achte Strophe umspannt die achtundzwanzig
Zeiten
Pandurang hat reglos am Chandrabhaga gestanden

Meine neunte Strophe nennt das Ende der Mühsal
des Mahlens
Die ganze Welt ist befreit vom Rad des Todes

Meine zehnte Strophe ist an die Zehn Avataras gerichtet
Sagt Tuka: es gibt keine Welt in die ich zurückkehren
werde

Meine Zunge ist schnell wie der Blitz
Ich red hin und her und gelang nicht zum Grund
des Seins
O Herr von Pandhari, das ist's was mich schmerzt
Wer kann die Wurzel meines Leidens schon verstehn

Weit hab ich's gebracht man verneigt sich vor mir
Ich bin so eingebildet jetzt, frei werden kann ich nicht
Ich kann es nicht finden das sicherste Zeichen von dir
Sagt Tuka: mein Ego erdrosselt mich

Ich bin kein Guru
Ich regne wie eine Wolke
Hört
O ihr Heiligen
Das Geräusch das ihr hört
Ist das Fallen
Des Regens

Es ist Kindergelall
Es kommt von
Gott
Dem Anfang
Der Sprache

Einst
Wurd ich geschmolzen
In seiner
Ursprünglichen Münze
Jetzt fall ich heraus
Als sein Geld

Nehmt einen Schluck
Sagt Tuka
Trinkt euch voll
Ich habe sie gefunden
Die Quelle

Meine Sinne führen Krieg
Miteinander

Die Ohren fordern
Was die Zunge sättigt

Meine Hände
Meine Füße
Meine Stirn
Alle greifen ein in die Schlacht

Es ist kein Fall
Wo die Ohren still
Dem Mund zuhören
Der deine Eigenschaften
Besingt

Jeder Sinn fordert
Das Ganze von dir
Zur Auswahl

Sagt Tuka
O Narayana
Ergib dich
Denn danach bin ich
Verrückt

Worte zu sortieren
In einer bestimmten Ordnung
Ist nicht dasselbe
Wie das innere Gleichgewicht
Das Poesie heißt

Die Wahrheit der Poesie
Ist die Wahrheit
Des Seins
Sie ist eine Erfahrung
Der Wahrheit

Keine Verzierung
Übersteht
Eine Feuerprobe
Feuer offenbart
Nur geschmolzenes
Gold

Sagt Tuka
Wir sind hier
Zu offenbaren
Wir verschwenden keine
Worte

Ich täusche vor zu lachen
Ich täusche vor zu weinen
Ich täusche vor mich zu stürzen
Auf den Täuscher

Was ich tu ist Täuschung
Was ihr tut ist Täuschung
Täuschung trägt die Last
Des Täuschens

Ich täusche vor zu singen
Ich täusche vor zu beten
Alle Täuschung will hin
Zum Täuschen

Der Täuscher genießt
Der Täuscher entsagt
Der Asket täuscht vor
Die Welt sei unwirklich

Tuka der Täuscher
Mit vorgetäuschter Frömmigkeit
Täuscht er sein Zwiegespräch vor
Mit dem Täuscher

Mensch sein

Ich sag euch
Die Wahrheit
Ihr Heiligen
Ich hab mehr gesündigt
Als die meisten
Ich kann nicht verstehen
Warum
Ihr mich
Liebenswert findet

Ich bin mein eigner
Zeuge
Glaubt also
Was mein Gewissen
Mir sagt
Ich habe nichts
Überwunden
Mein Ruhm beruht allein
Auf Hörensagen

Ganz mitgenommen von
Einem Leben voll Mühsal
Sträubte ich mich
Wie ein sturer
Ochse
Der genug hat
Vom Peitschen
Und Schwanzverdrehen
Während er einen schweren
Pflug zieht
Ich machte einfach nicht mehr mit
Und verhielt mich still

Bald verschwand
Was ich
Gespart hatte
Nein
Ich brachte
Kein Opfer
Ich gab's
Nicht weg
Für einen guten Zweck

Ich trennte mich
Von meiner geliebten Frau
Meine Kinder
Mein Bruder
Fanden
Ich sei plötzlich
Ein Fremder geworden
Ich wurde
Ein elender
Trottel

Weil ich mich schämte
Jemandem
Mein Gesicht zu zeigen
Verkroch ich mich
In entlegene Winkel
Blieb allein
An Orten die keiner kennt
Das ist's was man jetzt meine
Zurückgezogenheit nennt

Es heißt
Daß ich meine Nahrung
Mit jedermann teilte
Die Wahrheit ist
Ich war immer hungrig
Und außerstande die Qualen
Des Hungers zu ertragen
Also nahm ich
Erbarmungslos
Jede Einladung
Zu einer Mahlzeit an
Und verschlang
Mehr als mir zustand

Bleibt
Meine Hingabe
An diesen Gott
In Wahrheit
Ist sie eine Gewohnheit
Von meinem Vater
Geerbt
Wie ihr seht
Liegt die Verehrung dieser Gottheit
In der Familie
Sie ist nichts Besonderes
Sagt Tuka
Mißversteht sie nicht
Als außergewöhnliche
Bhakti

Was ist falsch gelaufen?
Es ging mir gut
Was ließ mich
Diese Schlinge ergreifen
Die mir
Um den Hals liegt

Jetzt
Hab ich mich zu sehr
Verstrickt
Ich kann mich
Weder rückwärts
Noch vorwärts
Bewegen

Ich hab nichts
Behalten
Ich bin zu tief
Verschuldet

Meine Ernte
Hat man
Geplündert
Meine Frau
Und meine Kinder
Müssen betteln

Ich pumpe
Was das Zeug hält
Nichts
Scheint zu reichen

Sagt Tuka
Am besten
Geb ich
Alle Hoffnung auf
Und belasse
Dies alles
Wo's ist
Wie's ist

Daß ich pleite bin, Gott, ist gut für mich
Gut daß die Hungersnot es noch schlimmer gemacht
Das Leiden ließ mich denken an dich
Und ich spie sie aus diese Welt

Meine Frau ist ein Besen, Herr, gut für mich
Gut daß ich öffentlich bloßgestellt
Ein Segen jetzt schmäht mich die ganze Welt
Dank dir verlor ich alles was ich hab

Wie wohl man sich fühlt ohne jede Scham
Wie erleichtert! Nun bin ich ganz dein
Gut daß ich neu gebaut deinen brüchigen Schrein
Und nicht mein zertrümmertes Haus

Sagt Tuka: ein Glück daß ich fastete an deinem Tag
Und der Hunger der hielt mich hellwach

Gnädiger Gott
Was soll ich bloß tun

Ich komm einfach
Nicht zurecht

Wie ein Affe
Auf einem Baum
Turne ich auf
Und ab

Ich stecke meine Hand
Wohin sie nicht gehört
Und handle mir nichts als Verwünschungen
Und Rausschmisse ein

Sagt Tuka
Von Anfang
Bis Ende
Ist alles schiefgelaufen

Ratschläge an die Ehefrau I

»Jetzt haben wir nichts mehr zu essen für dich
Willst du deine eignen Kinder verspeisen
Mein Mann ist ein Gottesnarr

Seht ihr wie er sich an den Kopf schlägt
Seht ihr wie er sich Girlanden umhängt
Er kümmert sich nicht mehr um seinen Laden

Sein eigner Bauch ist voll
Und wir andern müssen hungern

Seht ihn an wie er die Becken schlägt
Und seinen lächerlichen Mund öffnet
Um Gott in seinem Schrein anzusingen«

Sagt Tuka: hab Geduld, meine Liebe
Dies ist nur der Anfang

Ratschläge an die Ehefrau II

»Er verabscheut's an Arbeit auch nur zu denken
Er hat sich an kostenlose Mahlzeiten gewöhnt

Sobald er erwacht fängt er an zu singen
Danach ist die Hölle los

Diese Burschen sind die lebenden Toten
Sie haben kein Gewissen das ihnen zusetzt

Sie kümmern sich nicht um ihre Familien
Lassen ihre Häuser Häuser sein

Ihre Frauen verrenken sich nach ihnen
Sie aber zermalmen ihr Leben mit einem Stein«

Sagt Tuka: das war gut gesagt, meine Liebe
Hier! Ich hab's aufgeschrieben

Ratschläge an die Ehefrau III

Gute Menschen werden viel halten von dir
Und die Welt wird dich mit wachsender Achtung
    ansehen

Betrachte dein Vieh als tot
Und deine Töpfe und Pfannen als von einem Dieb
    gestohlen
Denk an deine Kinder als wären sie nie geboren
Gib auf deine Begierden und mach deinen Sinn
Hart wie Indras Wehr
Spuck aus alle armseligen Genüsse
Und empfange die reine Seligkeit

Sagt Tuka: du wirst dir viel Kummer ersparen
Wenn du dich losreißt von den Fesseln dieser Welt

Ratschläge an die Ehefrau IV

Was mir die Kraft gibt alle körperlichen Freuden
zu verschmähen?
Frau, du schließt die Augen vor der großen Wahrheit

Sieh mich an! Mein Hunger und mein Durst sind gestillt
Meine Rastlosigkeit ist an der Wurzel beruhigt

Der Reichtum den die Leute höher schätzen
als ihr Leben
Bedeutet mir nicht mehr jetzt als ein Kieselstein

Alle guten Leute sind mit mir verwandt
Und meine Lust auf Gesellschaft
Gleicht meiner Lust auf Einsamkeit
Eins mit allen zu sein heißt frei aller Fesseln zu sein

Sagt Tuka: Pandurang ist mit uns
In Freuden und Leiden

Als mein Vater starb
War ich zu jung um zu verstehen
Ich brauchte mich damals nicht
Um die Familie zu kümmern

Vithu, dieses Königreich gehört dir und mir
Es geht keinen andern was an

Meine Frau starb
Sie ruhe in Frieden
Der Herr hat meine Zuneigung
Beseitigt

Meine Kinder starben
Umso besser
Der Herr hat die letzte Illusion
Beseitigt

Meine Mutter starb
Vor meinen Augen
Meine Sorgen sind alle dahin
Sagt Tuka

Allein bin ich

Niemand liebt mich

Das Nichts
Schlägt mich
Mit Entsetzen

Ich fürchte
Diese Horden
Von wilden Tieren

Pandurang!

Ich dreh durch

Dunkelheit
Blockiert mich

Ich bin gelähmt

Ich gerate
Ins Dickicht

Ich werde von Dornen
Durchbohrt

Verlassen

An der Gabelung
Von einer Million
Wegen

Ich hab mich verirrt

Mich schaudert

Sagt Tuka

Die Straße
Die du mir gezeigt hast
Ist mein Lehrer

Aber
Pandurang!

Du bist so
Fern

Ich bin bankrott
Und Gott
Ist am Ende

Dies ist keine Zeit
Für Beredsamkeit

Prüfen muß man
Seinen Geisteszustand

Ich habe meine Geschäfte
Abgeschlossen

Sagt Tuka
Gott!
Laß mich einfach sitzen
Wo ich bin

Diese Erfahrung
Werd ich nicht los

Die hinter mir
Die vor mir
Finden alle keinen Frieden

Sagt Tuka
Das Leben ist die Wurzel
Aller Qual

Ich kann nicht
Aufhören zu essen
Ich kann nicht
Mich in die Wälder zurückziehn

Deshalb
O Narayana
Such ich
Trost in dir

Ich hab kein Recht
Zu lesen oder zu schreiben
Sagt Tuka
Ich hab nur ein bißchen gelebt
Und es ist alles noch
Ein Rätsel

Der Krüppel I

Ich bin verkrüppelt
O mein Herr
Ich hab weder Hände noch Beine
Das Ding auf dem ich sitze
Rutscht mit irrer Geschwindigkeit
Es steuert gerade
In Zäune Büsche Baumstümpfe hinein
Ich bin eine Waise
Und keiner kümmert sich um mich

Ich rutsche hinein und heraus aus all diesen
Türen der Geburt, Türen des Todes
Ich bin müde und kaputt, müde und kaputt
Und kann keine einzige mitfühlende Seele finden
Die mich befreit von dieser qualvollen Fahrt

Offenbar mir den Herrscher von Pandhari
Den Hari den alle Heiligen besingen
Den der die Glieder der Krüppel wieder heilt

O meine Väter, meine Mütter
Ihr Eltern aller Waisen
Gebt mir zu essen bettle ich ständig
Und jeder weist mich ab

Hilflos aber von Hoffnung gehetzt
Rutsch ich weiter den ganzen Weg

Ich kann nicht sagen was falsch und was richtig ist
Ich weiß nicht was ich verbrochen habe
Ich umkreise das Leben mit verlornem Gedächtnis
Eine Motte die die Flamme nicht erreichen kann

O Heilige, o ihr Großen!
Gebt mir eure Gabe des Lebens
Ich bin sehr weit gekommen hungernd nach Heilung
Sagt Tuka, ich lieg euch zu Füßen
Ein seltener Glücksfall und ich bettle
Schafft mir Erleichterung

Der Krüppel II

Ich hab mich nur verlaufen in dieses Gebiet
Ich bin gekleidet wie ein Fremder
Dies ist nicht mein Land
Ich könnte mich nicht niederlassen an einem festen Ort

Was ist also mein Eigen
Was kann ich besitzen
Ich bin in einem fremden Land
Ich hab meine Beine verloren
Und ich bin blind

Jetzt, o Herr, hab ich niemand
Keine Vorfahren keine Nachkommen
Ich ergeb mich in deine Hand
Laß diese Heiligen sorgen für mich

Ich hab Angst diesen Weg einzuschlagen
Denn viele sind ihn gegangen und nie zurückgekommen
Ich hab sie nie wieder gesehen oder von ihnen gehört
Ich sitze direkt am Abgrund
Und denke allein an dich

Erbarm dich meiner, o Herr
Ich bin hungrig
Seit ich mein Haus verließ
Ich bin gewandert ohne irgendwo anzuhalten
Ich habe alle 840.000 Dörfer besucht
Die das Karma einen Menschen zu durchwandern zwingt

Ich bin müde
Du bist mein letzter Aufenthalt
Mein endgültiger Ruheplatz

Ich zweifle ob es noch irgendwen gibt
Der mir Erlösung gewährt
Ich bin ein berüchtigter Bettler geworden

Deshalb, du Großmütiger, wende ich mich an dich allein
Nur du kannst meinen gewaltigen Hunger stillen
Mit einem Brocken deiner Gnade

Ich hab keine früheren Verdienste auf die ich bauen
kann
Ich hab meine Frau meine Kinder mein ganzes Hab
und Gut verloren
Ich hab jedes Band mit dem Leben zerschnitten

O Herr
Das war mir wirklich beschieden
Sagt Tuka
Entscheide über mein Schicksal
Ich bin ganz und gar in deinen Händen

Ich war gefangen
In einem Alptraum
Er ging vorbei
Und ich wachte auf
Er wurde unwirklich

Warum flehte ich
Dich an
Mir zu enthüllen
Wer ich bin
Was ist ein König
Ein Adliger
Oder ein Armer
In einem Traum

Aber der Schmerz
Des Traumes
Lebte weiter
In mir
Als ich aufwachte
Öffnete ich
Die Augen
Im Schmerz

Ich war wach
Doch betäubt
Vom Schmerz
Meines Traums
Er war so wirklich
Daß es mir
Die Sprache verschlug
Sagt Tuka
Gott sei Dank haben
Die Heiligen
Den Bann gebrochen

3 Bhakta sein

Das Bild Vithobas I

In erlesener Trance
Steht er auf dem Ziegel
Die Arme gestemmt in die Seiten
Die Hände an den Hüften

Süße Basilienkugeln
Umkränzen seinen Hals
Ein gelbes Seidengewand
Umgürtet seine Lende
Ich liebe seine Trance
Seine Pose ohne Ende

Krokodilförmige Ringe
Schimmern an seinen Ohren
Der Kaustubha-Stein
Leuchtet an seiner Kehle

Sagt Tuka: für mich
Ist dies höchste Wonne
Mein sind die liebenden Augen
Sein ist das geliebte Antlitz

Das Bild Vithobas II

Laßt mich fortan
In dieser Trance verharren
Mein Sehen mein Sinnen
Der Zeit entlockt

Ich will mein Leben verschließen
Um seine Gestalt zu umfassen
Ich will fühlen ihn in meinem Körper
Um ihn zu verehren

Er wird eintreten in meine Seele
Und sie stillen
Gipfeln
In eine äußerste Spitze

Sagt Tuka
Du mein strahlender Vithoba
Laß mich zu Füßen
Dir liegen

Das Bild Vithobas III

Bist mir ein Herr besonderer Art
Den mein Blick nicht erreicht
Verschwenderisch, blau, apart

Vierarmig, geschmückt
Mit einer einzigen Girlande
Ein Moschusstreif
Auf der Stirn
In den Händen Muschel Diskus Zepter
Um den Hals die Vaijayanti-Kette
Ringe leuchtend
An beiden Ohren

Sagt Tuka
Barmherzige Maya
Mutter aller Erscheinung
Pandurang!
Zeig mir
Deine Füße

Das Bild Vithobas IV

O Hari
Ebenäugig
Gleichfüßig
Symmetrisch posiert
Auf dem Ziegel
Sei immerdar der alleinige
Gegenstand meiner Aufmerksamkeit

Ich muß keiner anderen
Erscheinung hinterherjagen
Die täuscht
Und das Herz bricht

Der Status Brahmas
Oder irgendeines andren Gottes
Den du vor den Augen
Der Suchenden baumeln läßt
Kann mich nicht beeindrucken

Sagt Tuka
Ich weiß
Wo der Haken ist
Das Karma geht zusammen
Mit dem Leben zugrunde

Herr
Mein Herz ist
Voll von deinen Spuren
Du bist mein Pfad

Wir sind blind
Du bist unsre Beine
Du bist unser Denken
Du bist unser Gang

Meine Sinne sind ausgelöscht
Mein Geist steht still
Ohne daß ich es
Will

Du läßt mich sehen
Jenseits von Gut und Böse
Du läßt mich überschreiten
Materie Leben und Geist

Sagt Tuka
Ich hab mich ergeben
Und, o Gütiger
Der Ruhm gebührt dir allein

Dumme Schlaue Gelehrte
Alle sind verrückt nach dir

Aber keiner von ihnen erfaßt dich
Sie würden in der Hölle schmoren

Inzwischen überquert der Lahme den Berg
Der Taubstumme echot dich

Dem Sünder wird Gnade zuteil
Der Böse schadet nicht mehr

Sagt Tuka
Er ist überall
Er spielt das Spiel
Er sieht aus der Ferne zu

Horizontal ist er
Er ist vertikal
Kreuz und quer
Ein einziges starkes Licht

Gott ist nicht einförmig
Was ihn
Gleichartig macht
Ist Reinheit des Herzens

Streitereien über
Seine Einheit oder Dualität
Sind verdammt
Nicht zu enden

Sagt Tuka
Ihr müßt euch
Aus euern Bindungen lösen
Euern gewohnten Interessen
Dann erfaßt ihr ihn
Ganz

Wohin ich auch seh
Find ich aufgerichtet
Den wahren Kern
Des Himmels

Sein Bild ist mir
In die Tiefe des Auges gepreßt
Je mehr ich ihn aufnehm
Desto mehr verdichtet er sich

Mein Geist ist hellwach
Bereit ihn zu empfangen
Mein Blick ist geleert
Von allem andern

Sagt Tuka
Und jetzt hab ich
Gott
Zur Gesellschaft

Laß diesen Brocken in meinem Hals
Mich ersticken
Laß ihn zersprengen mein Herz
O Vitthal
Laß mich dich nehmen
Im Sturm

Laß mich weinen
Laß diesen Fluß nicht versiegen
Laß mich strotzen
Vor Glück

Sagt Tuka
Ich will nicht weniger
Als eine ganze
Umarmung

Ich suche dich
O Keshava
Mit den sehnsüchtigen Augen
Einer verheirateten Tochter
Die ihr Elternhaus verläßt

Ich suche
Dich
Mit den Augen
Eines Kindes dem
Seine Mutter fehlt

Getrennt vom Wasser
Windet ein Fisch sich
Wie ein gepeinigter
Tuka

Unerreichbar ist deine Gestalt
Für Sprache und Geist, deshalb muß ich dich
An meiner eignen Hingabe messen
Man nennt unermeßlich dich, o Unendlicher
Darum vermeß ich dich mit meiner endlosen Liebe

Yoga kann dich nicht fassen
Opfer dich nicht erreichen
Die Sinne berühren dich nicht
Buße kann dich nicht erweichen
Wissen dich nicht entdecken

Sagt Tuka
O Keshav
Du mußt nehmen was ich gebe
In aller Unschuld

Wisse nichts ohne Pandurang
Zweifel wird dich nur erschöpfen

Auch wenn du an ihn unter anderem Namen denkst
Dein Vater weiß warum du leidest

Lob ihn und du bist nicht mehr eitel
Hör seine Geschichte und Wünsche werden erfüllt

Sagt Tuka: ganz von selbst wirst du überfließen
Vom Gefühl unendlicher Liebe

Das Leben in dieser Welt ist unwirklich
Allein Haris Name ist wirklich
Ohne Hari
Ist alles bloß eine Sinnesfunktion

Ein Schweigegelübde ist unwirklich
So unwirklich wie ein trügerischer Traum
Meditation ohne Hari
Ist zum Scheitern verurteilt

Schlüsse gezogen ohne Hari
Sind unwirkliche Thesen
Ein Toter ist der
Dessen Geist keinen Raum für Hari hat

Sagt Tuka
Wolle nur eines: Hari
Und du wirst auf der Stelle
In Vaikunth sein

Du bist meine Mutter
Ich ruh in deinem Schatten
Auf dich warte ich
Pandurang

Du bist mein Einziger
Mein Großer, mein Kleiner
Du bist der Einzige der mir
Verwandt ist

Sagt Tuka: meine Seele
Ruht in dir
Alles andere
Ist Leere

Aus Tukarams Brief an Vitthal

Dein Knecht
Tuka
Fleht dich an
Vergiß mich nicht

An deinem großen Tor
Bleib ich
Dein immerwährender
Besen

Mein Geist
Und mein Körper
Passen an deine Füße
Als Schuhe

Mein Mund ist offen
Wie ein Spucknapf
In den du
Betelsaft
Spucken kannst

Ich biete
Meinen Körper an
Als Topf
O Herr
Der deine
Scheiße aufnimmt

Ich bin
Die Erde
Die deine Füße
Berühren

Sagt Tuka
O Herr von Pandharpur
Behandle
Mich nie
Als irgendwas
Andres

Pandharpur I

Jetzt gehen wir nach Pandhari
Um uns Vithoba zu Füßen zu werfen

Dort am Ufer des Chandrabhaga
In Pandharpur werden wir tanzen

Wo alle Heiligen sich drängen
Dort werden wir ihre Füße berühren

Sagt Tuka: wir sind das Opfertier
Glücklich zertrampelt unter all diesen Füßen

Pandharpur II

Die ihre Zeit in Pandhari messen
Sind Pilger der Ewigkeit

Die ständig von Vitthal sprechen
Sind nicht mehr Teil der stofflichen Welt

Seht hier kommen die Diener von Hari
Von Schuld befrein sie euch auf der Stelle

Der Leib wird mitgerissen von der fröhlichen Flut
Mischt euch in seine Farbe tanzt tobt euch aus

Ihre Leiber beschmiert mit Gopichandan-Paste
Geschmückt mit Halsketten aus Tulsikugeln

Die Schwachen die Armen die Hilflosen – alle
Finden ihn, so viel sie auch immer entbehren
Sagt Tuka: öffnet die verschnürten Beutel eurer Herzen
Empfangt den Herrn wie frisch geprägtes Bargeld

Pandharpur III

Dort drüben werdet ihr sehen
Einen endlosen Pilgerzug
Und ein Meer von flatternden Fahnen

Der König von Pandharpur wird gleich eintreffen
Dies sind die sicheren Zeichen daß er näher rückt

Mein Herz schlägt höher das Auge kann's nicht erwarten
Meine Arme sind schon geöffnet

Ein gewaltiger Chor erhebt seinen Schlachtruf
Vishnus Heere begrüßen den Feldherrn

Tuka entleert sein Herz
Um den Anblick zu fassen

Gottes Hund I

Ich bin an deine Tür gekommen
Wie ein Hund der ein Zuhause sucht
O Gütiger
Jag mich nicht weg

Ich weigere mich von deiner Tür zu weichen
Zwing mich nicht hinauszugehen

Ich kenne keine Scham
Ich lecke deine Füße ab

Sagt Tuka
O Narayana
Du siehst
So vielversprechend aus

Gottes Hund II

Hunde sind besitzergreifend
Wenn's um den eignen Platz geht
Schon die Witterung Fremder
Ist ihnen unerträglich
Sie würden sie in Stücke reißen
Und ein Heim
In ein Schlachtfeld verwandeln

Tuka läßt
Keinen heran
Außer
Zusammen
Mit Gott

Gottes Hund III

Wenn ich erst einen jage
Jag ich ihn
Aus der Welt

Dann komm ich zurück
Zu deinen Füßen
Und verstecke mich
Bis du mich wieder
Hinausschickst

Sobald dieser Hund
Einen Fremden wittert
Wird er
Hellwach

Sagt Tuka
Mein Herr hat mich streng abgerichtet
Fressen darf ich nur
Aus seiner eignen
Hand

Gottes Hund IV

Ich bin an eine Kette
Aus Liebe gefesselt
Und ich belle
Nur wenn ich muß

O Keshav
Mein König
Ich bin
Dein amtlicher
Wachhund

Ich merke
Wer kommt
Wer geht
Und wohin
Ich weiß wer verbotene
Wege geht

Sagt Tuka
Ich geb acht
Aufs Böse
Und halte es
Fern

Gottes Hund V

Gott liebt eben seinen Hund
Ich bin kein Sklave
Ich bin sein Liebling
Er hat mir beigebracht
An seiner Seite zu sitzen
Zu sein
Wo er ist

Er erlaubt mir
Höchstens
Hin und wieder
Zu knurren

Sagt Tuka
Wenn er
Mich streichelt
Fühl ich
Mich fast
Wie ein Heiliger

Gottes Hund VI

Hat er sie satt die Überbleibsel
Wird der Hund frech
Und probiert den Zeh seines Herrn

Schnell reagiert der Herr
Er füttert ihn mit warmen Bissen

Er füttert ihn liebevoll
Vom eignen Teller
Und so verhätschelt er
Seinen Liebling

Sagt Tuka
Ich bin ein zu alter Hund jetzt
Ich hab keine solchen Gelüste mehr

8 In Aufruhr sein

Wenn er kommt
Aus heiterm Himmel
Ein Meteorit
Der dein Haus zerschmettert
Dann wisse
Gott sucht dich heim

Wenn eine Katastrophe
Dich auslöscht
Und nichts bleibt
Als Gott und du
Dann wisse
Gott sucht dich heim

Wenn deine Sprache
Entkleidet wird
Um sich nie wieder
In Falschheit zu hüllen
Dann wisse
Gott sucht dich heim

Wenn dein Menschsein
Zerfetzt und zerrissen wird
Um sich nie wieder
Zusammenzufügen
Dann wisse
Gott sucht dich heim

Wenn du ohne
Alle Hoffnung bist
Wenn du nichts
Dein eigen nennst
Dann wisse
Gott sucht dich heim

Wenn man dir
Die ganze Welt entreißt
Und deine Stimme
Beredsam wird
Dann wisse
Gott sucht dich heim

Seht wie Gott ihn
Ganz ergriffen hat
Tuka ist verzückt
Wie Gott selbst

Gehn wir in Gottes Stadt
Gott wird uns aufatmen lassen

Sagen wir Gott was wir durchgemacht haben
Er wird unser Verlangen stillen

Vertrauen wir uns ihm an
Denn Gott ist das Meer des Glücks

Bleiben wir an Gottes Seite
Rührn wir uns nicht von seinen Füßen

Gottes geliebte Kinder, sagt Tuka, sind wir

Du hast keine feste Adresse

Du errichtest
Alle möglichen Hütten
Und Barackenlager

Man findet dich
An den seltsamsten Orten

Und gewöhnlich
Sitzt du mürrisch
In deiner Ecke

Du bist weder wach
Noch schläfst du

Du scheinst zu hungern
Doch hast du
Keinen Appetit

Sagt Tuka
O Herr
Ich will nicht fragen
Wie's dir geht
Ich will dich
Einfach beschreiben

Ich will gegen dich
Antreten
Und ich weiß
Ich werde dich
An der empfindlichsten Stelle treffen

Herr
Du bist eine Eidechse
Eine Kröte
Und ein Tiger
Auch

Und zuweilen
Bist du
Ein Feigling
Der verzweifelt
Den eignen Arsch
In Deckung bringt

Wenn du dich
Einem entschlosseneren
Angriff gegenübersiehst
Suchst du
Einfach das Weite
Du attackierst nur die Schwachen
Die wegzurennen versuchen

Sagt Tuka
Geh
Mir aus dem Weg
Du bist
Weder Mann
Noch Weib
Du bist nicht einmal
Ein Ding

Wenn wir irren, o Pandurang
Bist du schnell bei der Hand uns zu strafen
Warum gestehst du uns nicht unsre Rechte zu

Als andere Sucher dich suchten legtest du sie herein
Und bestachst sie mit magischen Kräften
Laß uns ein für allemal festhalten
Ich bin kein Bettler von dieser Sorte

Warum sollt ich mich immer tiefer verstricken
    in diese Welt
Nur um mein Ich zufriedenzustellen wie sie
Hab ich doch die Reinheit meines Gelübdes bewahrt
Mich von nichts anderem verlocken zu lassen

Sagt Tuka: von Anfang an hab ich nichts erwartet
    von dir
Damit mein Begehren nicht zur letzten Schranke wird
    zwischen dir und mir

O Gnädiger du, sei mir nicht böse
Ich ziehe dich auf mit Lob und quäl dich mit Ironie

Ich wage nicht an deine Grenzen zu denken
Und ich weiß nicht wie man dir am besten dienen kann

Du bist nicht endlich hast keine Gestalt
Du bist nicht sichtbar veränderst dich nicht
Du hast keinen Besitz bist reines Sein und Bewußtsein
O Vortrefflicher

Wie begierig du alle die besten Beinamen
Dir gegriffen hast und wie gemein du bist
Wenn du's mit deinem armen Verehrer zu tun hast
Sagt Tuka: o Govinda, laß mein Haupt
Immerdar an deinen Füßen ruhn

Versprich mir, Herr, daß dein Haupt
Mir zu Füßen liegen wird

Das Oberste ist dann zuunterst gekehrt
Solch ein Anblick macht mir sicher große Freude

Welches Geschenk von größerem Wert
Kann man von dir bekommen

Sag nicht nein, o Vitthal, sagt Tuka
Gib ein Beispiel

Endlich hab ich deinen wahren Charakter durchschaut
o Herr
Du verleitest mich dir zu dienen

Aber denk dran meine Schwierigkeiten sind nur
Eine Belastung für dich und all diese Heiligen

Denn du verliehst mir Beredsamkeit nur damit ich dich
loben kann
Jetzt leg ein paar schlüssige Beweise vor

Sieh mal, ich bin Gemüsehändler von Beruf
Mich kannst du nicht übers Ohr hauen

Sagt Tuka: wie kannst du von mir erwarten
in Verzückung zu tanzen
Bevor ich dich erfahre

Dieses ganze Geschäft ist Betrug
Ich will mit dir nichts mehr zu tun haben

Du operierst nicht unter einem Namen
Du hast Tausende von Decknamen

Versucht man deine wahre Identität herauszufinden
Fängst du ein Versteckspiel an

Sagt Tuka
Du bist voller Bosheit

Ich will deinen Namen nicht wieder aussprechen
Ich will nicht mehr nach deiner Pfeife tanzen

Je mehr Worte ich gebrauche desto absurder
        wird dies alles
Ich spreche von deinen Eigenschaften
Und entdecke was faul ist an meiner Rede

Wer soll künftig immer wieder dein Haus
Aufsuchen? Bestimmt nicht ich

Sagt Tuka: hab ich nicht alles was ich brauche
Gleich hier bei mir

Herr, wenn du wolltest daß man dich in Ruhe läßt
Warum hast du mir dann falsche Avancen gemacht

Du hieltest mir eine flammende Predigt und jagtest
mich hinaus
Jetzt hast du deine Tür vor mir verschlossen

Du hast alles Licht gelöscht und verdunkelt dein Haus
Und sogar eine Wache an deine Tür gestellt

Sagt Tuka: ich hoffe dir ist klar
Ich würde dir nur dienen solange du mich einschüchterst

Ich kann nicht ertragen den Tag ich kann nicht ertragen
die Nacht
Ich schäm mich so sehr daß ich's nicht einmal
zugeben kann

Ich verschwende meine Worte wie Wind du schmeckst
sie nicht einmal
Deine Gleichgültigkeit demütigt mich ich koche vor Wut

Mein Geist weint vor sich hin
Er würgt und dann ist er erschöpft

Sagt Tuka: schließlich bist du allwissend
Wie kann ich meinen aussichtslosen Fall verfechten

Jetzt hab ich wirklich das Gefühl ich bin gefallen
O Herr, ich habe alles durchgemacht

Der Abstand zwischen uns ist aufgehoben
Verhandle mit mir selbst

Wozu brauchst einen Dritten du als Zeugen
Wenn wir uns gegenüberstehn

Sagt Tuka: ich starb noch während ich zu dir sprach
Und du hast es eben erst gemerkt

Jetzt ist mir klar
Man muß werden wie der
Den man sucht

Du bist jenseits allen Begehrens, Narayana
Und ich bin ganz wie du

Es ist wie mit Dieb
Und Meisterdieb
Wer bestiehlt wen
Wir prüfen unsre Fingerfertigkeit

Sagt Tuka: ich kämpfe mit mir selbst
Und habe keine Angst mein Leben zu verlieren

Ich wußte nie worum ich dich bitten sollte
Du hast mir niemals gut getan

Warum schließt du jetzt die Augen
Warum versiegelst du die Lippen

Was für ein dummer Gott bist du
Dem man sagen muß was zu tun ist

Sagt Tuka: ich hab schon das Schlimmste hinter mir
Du wußtest es im voraus doch was hast du getan

Ich sprach zu dir vertraulich wie ein Kind
Erspare dir gefälligst deine barschen Widerworte

Verzeih mir meine Bosheit, großer Meister
Lehre mich das was du für richtig hältst

Wenn ein Kind nach einer Flamme greifen will
Ist es unschuldig, die Mutter ist's die es zurückzieht

Sagt Tuka: o Herr, du bist ein Experte wenn's darum geht
Jeden seine Suppe selbst auslöffeln zu lassen

Du hast mich noch nicht bezahlt verweigerst
den fälligen Lohn
Mal sehn wer gewinnt wenn die Stunde
der Abrechnung kommt
Ich meinerseits bin verzweifelt hab mein Leben
aufs Spiel gesetzt
Ich frage mich ob du so viel Mumm hast

Bisher, o Hari, hast du Millionen betrogen
bei diesem Spiel
Doch ich bin ein andres Kaliber bei mir kommst du
nicht durch

Ich hab viel gelitten bevor ich dir übern Weg lief
Und erfuhr wie du heißt wer du bist

Diesen Fehler hab ich nur einmal gemacht, sagt Tuka
Jetzt rechne ich ab mit dir

Herr, achte nicht auf die Worte die ich gebrauche
Hör meine flehende Stimme

Welche Macht bleibt einem zu deinen mächtigen Füßen
Wir sind Sklaven die dich um Gnade bitten

Was kümmert mich diese Welt
Sie war gut solange sie währte für mich

Wortreich versuch ich dir näherzukommen
Wiederhole deinen Namen um dich wie im Schlaf
 zu erreichen

Ich spür es, am Ende wirst du meine Hoffnung erfüllen
Deshalb bin ich besessen von dir

Sagt Tuka: was immer ich liebe ist hier
Nun zeig mir dein strahlendes Antlitz

Herr, du konntest sechzehntausend Liebhaber werden
Für die sechzehntausend Frauen die du gehabt
        haben sollst
Ich bin allein und du bist nicht einmal einer für mich

Vielleicht steht dir eine solche Ungerechtigkeit zu
Denn schließlich bist du der Allmächtige

So bist du's nun einmal gewohnt
Natürlich würdest du vorziehn
Ihre Jungfräulichkeit zu besitzen

Sagt Tuka: o Pandurang, verwechsle mich nicht
Mit den Objekten deiner Ausschweifung

4 In der Zeit und am Ort sein

In dieser Zeit des Bösen ist Poesie eine Kunst der Ungläubigen
Die Welt wimmelt von Schaustellern

Ihre Gier nach Geld nach Frauen und hemmungsloser Vermehrung
Bestimmt ihre Werte und Vorlieben
Was sie in den Mund nehmen hat nichts mit ihrem Wesen zu tun

Heuchler! Sie tun als machten sie sich Gedanken über den Lauf der Welt
Reden von Selbstopfer doch nichts liegt ihnen ferner

Sie zitieren vedische Gebote doch es nützt ihnen nichts
Sie können ihren Körper nicht im richtigen Verhältnis sehen

Sagt Tuka: ein qualvoller Tod erwartet alle
Deren Sprache getrennt ist vom Sein

Der Brahmane

Der Brahmane der wütend wird wenn er einen
Unberührbaren berührt
Der ist kein Brahmane
Die einzige Absolution für solch einen Brahmanen
Ist für seine Sünde zu sterben

Wer sich weigert einen Unreinen zu berühren
Hat einen schmutzigen Geist

Sagt Tuka: ein Mensch ist nur so rein
Wie sein Glaube

Der Asket

Mit seinem langen zottigen Haar
Stakst er hochnäsig dahin eine gekrümmte Eisenstange
umklammernd

Er darf keine einzige Mahlzeit auslassen
Zwanghaft verwünscht er alle Leute
Mit der Weisheit solch eines Asketen kann's nicht
weit her sein

Er hat einen hohen Verbrauch von Haschisch Opium
und Tabak
Doch er halluziniert ununterbrochen

Sagt Tuka: solch ein Mann der alles verspielt hat
Hat Pandurang für immer verloren

Ich kenne keinen Trick
Um das Publikum zu ködern
Ich kann mich nur an dir versündigen
Und deine Güte preisen
Ich wirke keine Wunder
Ich erwecke keine Toten
Ich habe keine Schülerscharen
Um meine Selbstlosigkeit zu offenbaren
Ich bin nicht Herr eines Klosters
Das von Ländereien profitiert
Ich betreibe keinen Gottesladen
Um persönlichem Gewinn zu huldigen
Ich gebiete keinen Geistern
Und veranstalte keine Séancen
Ich bin kein Purana-Geschichtenerzähler
Trenne Beruf und Praxis
Ich bin kein armseliger Pandit
Mit seiner pedantischen Haarspalterei
Ich zünde keine Lampen an wie einer der schrill
Die Muttergöttin in den Himmel heben will
Ich schwenke keinen Rosenkranz
Um Narren um mich zu scharen
Ich bin kein Zauberer
Der hext und flickt magnetisiert und mordet
Tuka ist keiner von diesen
Verrückten aus dem Höllenreich

Weise sein

Ein Jünger der Enthaltsamkeit der wollte einen Esel
ficken
Der Esel trat ihm in die Eier und rückte aus

Weg war der Esel weg die Enthaltsamkeit
Der Mann verlor Gesicht

Meinst du was auch geschehen soll geschieht
Wird ebendies geschehen
Sagt Tuka: du verlierst auf jeden Fall

Sagte der Tiger zum Schakal
Verzeih mir, lieber Freund, wenn ich dich fresse
Schließlich ist dir sicherlich klar
Daß du sterblich bist
Warum soll auch ich mich dann zu Tode hungern

Der andere entgegnete: Mein Herr
Ihr Argument ist wirklich einwandfrei
Dem Körper ist bestimmt zu sterben
Warum sollten Sie dann nicht Ihr edles Selbst aufopfern

Jeder verstand vollkommen
Den Standpunkt des andern
Sagt Tuka: ich weiß was geschieht
Wenn Gauner einander beschwatzen

Ein paar Krankheiten werden aus deinem Körper
geboren
Willst du sie deshalb zu deinen Nachkommen ernennen

Heilkräuter zur Behandlung dieser Krankheiten
Findet man in fernen Wäldern
Willst du sie deshalb nicht als Heilmittel anerkennen

Sagt Tuka
Das Verhältnis des Körpers zum Selbst
Ist ein ähnlicher Zusammenhang

Ich rolle die Schnur ein
Und schicke meinen Drachen in den Himmel

Ich habe mich verpfändet
Um mein Selbstsein zu bewahren

Meine Schulden sind sicher mit Zinsen
Wo ein Samen ist, ist ein Sproß
Erhalte seine Fähigkeit zu wachsen

Sagt Tuka: es läßt das Wissen dienen mich
Daß Gott nicht anders ist als ich

Besorg dir nichts zu essen
Erzeuge keine Kinder
Aber laß Narayana
Dich segnen

Dies ist was ich
Mir beibringe
Dies ist was ich
Predige

Laß deinen Körper
Hinfällig werden
Laß Mißgeschick
Dich heimsuchen
Laß Narayana
Leben in deinem Geist

Sagt Tuka
All dies
Muß einmal
Vergehen
Denk an
Gopal
Deinen einzigen
Gewinn

Was Erkenntnis erschafft wird bleiben
Es ist das Licht im Licht der Ewigkeit

Was der Geist trifft, trifft er in Vollkommenheit
Es wird sich niemals von ihm trennen müssen

Das absolute Sein ist kein erinnertes Umarmen
Es wohnt in deiner eignen Erkenntnis

Sagt Tuka: laß nicht den Liebesbund zerbrechen
Du findest Liebe wo immer du auch bist

Fürs Vollblut reicht ein leichter Klaps
Peitsche ein Durchschnittspferd es wird nicht schneller

Was sonst kann ich dir sagen
Hör und denk darüber nach

Ich bin keiner der heftig streitet
Um mir Gehör zu verschaffen bei dir

Sagt Tuka: wenn dein Gesicht schon dunkel angelaufen ist
Warum läßt du nicht beschämt den Kopf dann hängen

Wenn die Sonne sich spiegelt im wassergefüllten Krug
Ist die Sonne nicht naß
Verbrennt das Feuer auch Holz
Ist das Feuer doch selbst kein Holz
Sondern etwas ganz andres
Ebenso durchdringt Narayana jedes lebende Wesen
Doch ist er das Wesen selbst
Von allen seinen Formen getrennt
Er ist der unbeteiligte Zeuge des Lebensaktes

Jedes menschliche Wesen erfährt
Sein eignes einmaliges Schicksal
Auf dieser Welt
Gott bemalt sich mit einer bizarren Vielfalt von Farben
Er ist wie ein Asket
Der sich um seine Gestalt keine Gedanken mehr macht

Am Ende wird man was man wählt zu sein
Drum unterscheiden sich Personen voneinander
Gut und Böse und das Grau dazwischen
Bestimmen unsre eigne Mischung von Freud und Leid

Sagt Tuka: Gott ist ein gewaltiges Puzzlespiel
In dem wir nur winzige Teile sind
Begreife ihn ganz und schon fügen sich alle Teile

Dreh dich um dich selbst
Und die Welt
Scheint sich um dich
Zu drehen

Steh still
Und alles
Ist gestillt
In einer gewaltigen Stille

Schrei
Und Echos werden ertönen
Sagt Tuka
Wenn Wolken jagen
Scheint der Mond auf der Flucht zu sein

Das Leben ist zu kurz für mich zum Bücherlesen
Und ich bin sowieso kein Intellektueller
der sie deuten könnte

Was immer ich gewinne, gewinn ich in Vithobas Namen
Ich werde festhalten an dem was ich mir schon verdiente

Wenn ich versuche dialektisches Geschick auszubilden
Wird bloßes Argumentieren mich vielleicht in
Schwierigkeit bringen

Sagt Tuka: ich stelle Forderungen wie ein Kind
an seine Eltern
Ich bin sicher der Barmherzige wird nachgeben

Die Welt ist nur ein Lagerplatz für uns
Wir sehn in unserm Körper einen Gegenstand

Ursache und Wirkung ein zeitbedingter Schritt
Mit Blitzesschnelle kommen wir ans Ziel

Unsre Geschäfte nichts als Förmlichkeit
In die wir nicht verwickelt sind

Sagt Tuka: unser Karma hat man an der Quelle
abgezogen
Wir haben keinen Gewinn wir haben keinen Verlust

Es gibt keine Vorratskammern in den Nestern der Vögel
Narayana trägt ihre Last

Die Pythonschlange liegt bei sich daheim
Und Pandurang sorgt für sie

Der Chataka-Vogel weigert sich schales Wasser zu trinken
Gott ist die blaue Wolke die ihm zuliebe regnet

Sagt Tuka: auch wir sind Geschöpfe wie Ameisen
Pandurang kümmert sich um unsre Bedürfnisse

Wird die Sonne wirklicher
Durch das Krähen eines Hahns

Warum, Herr, bürdest du sie mir dann auf
Die Last dein Anhänger zu sein

Würdest du je hungern
Wenn dein Sklave dich vom Essen abhielte

Sagt Tuka
Ananta hält alle Zügel des Seins

Man kann nicht auf die Liebe zeigen
Man kann nicht davon sprechen
Dein Geist versteht
Seine eigne Erfahrung

Keine Muttermilch
Nährt das Schildkrötenjunge
Es wächst in seinem Panzer
Durch die Liebe seiner Mutter

Wer rät der ungebornen Schlange sich zu verstecken
Sobald sie dem Ei entschlüpft
Ein Taubstummer ist sprachlos doch kennt er von Natur
Den Unterschied zwischen süß und salzig

Sagt Tuka: frag dich selbst was dir gut tut
Frag nicht immer die großen Experten

Zerdrückt keine Blume
Um ihren Duft zu besitzen
Freßt kein kleines Kind auf
Vor lauter Liebe

Versucht nicht abzulecken
Den wässrigen Glanz einer Perle
Zerbrecht kein Musikinstrument
Um seinen Klang zu entdecken

Begehrt keinen Lohn
Wenn ihr eure Pflicht tut
Sagt Tuka: Leute
Es geht ums Prinzip

Ein Segen, Gott
Daß ich Bauer bin
Sonst wär ich der Eitelkeit
Zum Opfer gefallen

Du hast dein Bestmögliches
Getan, o Herr
Tuka tanzt
Berührt deine Füße

Selbst ein klein wenig
Wissen
Hätte mir sicher
Sehr geschadet

Verpaßt hätte ich
Die Gelegenheit, Heiligen zu dienen
Statt dessen hätte man mich
Beraubt

Ich wär ein eingebildeter
Fatzke geworden
Auf dem kürzesten Weg
Zur Hölle

Sagt Tuka
Größenwahn wird
Zum Sturz
Ins Bodenlose

Die gezwungen sind zu wandern
Sind erschöpft von ihrer Wanderung
Es gibt nur eine Tür
Die dich eintreten läßt

Vithobas Füße
Sind die Quintessenz des Lebens
Verlasse sie
Nie

Er hat das Leben
Allen zugänglich gemacht
Es bedarf keiner Geheimlehre
Es zu begreifen

Sagt Tuka: es erfüllt
Alle deine Wünsche
Es hat Wurzel und Stamm
Seine Äste reichen weit

Die wichtigste Botschaft ist völlig klar
Diese ganze Welt ist Gott

Streu erst dein Ich in alle Winde
Dann wirst du die Feuerprobe bestehen

Dies allein ist das Entscheidende
Ums absolute Sein zu wissen

Sagt Tuka: ist erst der Geist zersprengt
Gibt es weder Ursache noch Wirkung

Gott trinkt den Tempel aus
Und trocknet alles Wasser
Dies ist weder meine persönliche Ansicht
Noch ein okkultes Quiz

Sieh selbst
Das Rinnsal wird zur Flut
Die Flüsse und Meere überschwemmt

Das Kind das die Unfruchtbare gebiert
Trägt einen einzelnen Ring an zwei Ohren

Sagt Tuka: um die Freiheit von Raum zu erfahren
Koste man den Geschmack der Süßigkeit selbst

Die Kunst des Suchens nimmt verschiedne Formen an
Aber die Sahne wird nur gequirlt um die Butter zu trennen

Der leere Raum zwischen Vogel und Frucht
Ist nie ein Hindernis für den Vogel

Hingabe ist ein vollständiges und endgültiges Abkommen
Man erhält wofür man bezahlt hat und das war's

Sagt Tuka: ich habe lange Stück für Stück gespart
Heut habe ich alles eingelöst

Bezahlte Klageweiber weinen auch
Ohne Tränen und Gefühle

Ebenso kann Hingabe an Gott
Bloße Tünche sein

Ein Zwangsarbeiter tut als schufte er
Nur um so bald wie möglich zu verschwinden

Sagt Tuka: der Funke eines Glühwurms
Kann keine Flamme zünden

Wähle die Strecke die hinführt
Wohin du gelangen willst
Geh nicht nach bloßem Hörensagen

Hör mir zu! Kennt dein inneres Gefühl
Nicht den Weg

Keine Jungfrau weiß was es heißt
Ein Kind zu gebären
Allein die Erfahrung lehrt es

Sagt Tuka: bleibe wach
Die Wolken werden vergehen die Sonne wird scheinen

Wenn einer sich erhebt
Zu streiten oder zu kämpfen
Gibt's ein Durcheinander

Schilfrohr braucht
Keine eigne Anstrengung
Es beugt sich der Kraft des Wassers

Versuchst du hart zu sein
Findest du deinen Meister
Die Demütigen vermeiden Ärger

Sagt Tuka
Misch dich unter alle
Du wirst Teil
Einer weltumfassenden Familie

Wenn du mit dem Feuer
Schlafen willst
Steig ohne zu zögern
Auf einen Scheiterhaufen

Hängst du erst einmal
Dein Herz daran
Spielt's keine Rolle
Ob du verbrennst oder am Leben bleibst

Außer der Furcht wird nichts mehr
Dich behelligen
Ein wankender Krieger findet
Seine Waffe zum Tragen zu schwer

Und Tuka sagt
Niemand kann von mir behaupten
Ohne meinen grenzenlosen Glauben
Hätt ich mich zu entscheiden gewagt

9 Heilig sein

Bäume und Ranken und die Geschöpfe des Waldes
Sind mir verwandt
Und Vögel mit ihrem süßen Gesang

Dies ist die Seligkeit! Wie ich es liebe allein zu sein
Hier bin ich jenseits von Gut und Böse
Begehe keine Sünde

Der Himmel ist mein Baldachin die Erde mein Thron
Der Geist kann schweifen wohin er will

Ein Fetzen Tuch eine Schale für alle Zwecke
Ist alles was mein Körper braucht
Der Wind meldet mir die Zeit

Als Kenner genieß ich
Die Speisen bereitet aus Haris Geschichten

Sagt Tuka: ich rede mit mir selbst
Um mir etwas zu beweisen

Wir kämpfen den ganzen Tag
Wir kämpfen die ganze Nacht
Wir kämpfen mit der Welt
Und mit dem eignen Geist

Wir sind auf der Hut
Vor einem plötzlichen Angriff
Wir müssen beharrlich
Widerstand leisten

Sagt Tuka
Die Macht deines Namens
Gibt uns die Kraft
Ihnen allen entgegenzutreten

Die das kosmische Sein
Erfahren
Sind ihm nahe
Sie zu sehen
Heißt frei
Von Sünde sein

Für sie ist alles
Ebenbürtig
Sie begehren nichts
Verletzen nichts

Sagt Tuka
Der ganze Streit
Über Unterschiede
Endet hier

Wer sich einsetzt
Für die Getretnen und Geschlagenen
Den betrachte als Heiligen
Denn Gott ist mit ihm

Das Gemüt des Guten
Ist außen weich
Und innen weich
Sagen wir es ist wie Butter

Er schließt
Jeden einsamen Menschen
Ins Herz
Er sieht
In einem Sklaven
Den eignen Sohn

Sagt Tuka
Ich werde nicht müde
Zu wiederholen
Solch ein Mensch
Ist Gott
In Person

Eine Frau die außer sich ist
Ist sich nicht bewußt
Ihrer eignen
Nacktheit

Man achtet nicht
Die sich
Verstellen

Eine Fata Morgana
Mag tief erscheinen
Doch stillt sie nicht den Durst
Der Durstigen

Der furchtlose
Krieger
Wartet nicht
Bis andere sich
An seinem Kampf
Beteiligen

Sagt Tuka
Das Wesen
Des wahren Heiligen
Ist sein Verhalten

Wer sagt ich sei kreuz und quer gereist
Um sein Wort zu verbreiten

Mein Vater ist allmächtig
Er reicht so weit wie der Wind

Wessen Herrschaft ist dies
Er gab mir seine Stimme

Sagt Tuka: ich bin mir meiner Sache sicher
Ich habe keine Angst mehr

Die Leute denken ich bin Gott
Quatsch! Das ist der reinste Unverstand

Bestrafe mich jetzt wie du willst
Nimm meinen Kopf das Messer hast du in der Hand

Es steht mir nicht zu
Daß man mich verehrt

Sagt Tuka: o mein Vater, o meine Mutter
Der eigne Verstand sagt mir das ist Sünde

Wir haben Glück! Wir haben Glück
Statt eines Kupferkessels nehmen wir einen
  getrockneten Kürbis

Andere bilden sich was auf ihr Vieh ein
Wir begnügen uns mit Ratten und Mäusen

Manche Leute reiten auf Pferden und Elefanten
Wir laufen in groben Lederschuhen herum

Sagt Tuka: wir sind fast nackt
An uns wagt sich nicht mal der Tod heran

Wir Sklaven Vishnus
Sind weicher als Wachs
Doch wir sind hart genug
Einen Donnerkeil zu zerschmettern

Tot doch am Leben
Im Schlaf doch hellwach
Verlangt was ihr wollt
Wir werden's euch geben

Wir entblößen uns bis auf die Haut
Um die Bedürftigen zu kleiden
Die Bösen machen wir nieder
Ohne mit der Wimper zu zucken

Wir sind liebevoller
Als natürliche Eltern
Wir sind tödlicher
Als Todfeinde

Wir sind süßer als das Elixier
Der Unsterblichkeit
Und bitterer
Als das tödlichste Gift

Sagt Tuka
Wir schmecken gut
So gut wie jeder andre
Der schmecken will

Töte keine Schlange
Vor den Augen eines Heiligen
Denn das Sein des Heiligen
Schließt alles Lebendige ein
Und er ist leicht
Zu verletzen

Ein einzelnes Haar
Aus dem Körper gezupft
Verursacht sofortige Schmerzen
Und die Seele die das Leben
Als Gemeinschaft auffaßt
Leidet ständig

Für die, die ihr Sein
Mit allem
Gleichsetzen
Ist sogar das Andere
Eine Empfindung
Des Selbst

Sagt Tuka
Hier habt ihr
Die wahre Wurzel
Der Ethik
Verehrt vergnügt
Den Herrn alles Seins
In euerm eignen Sein

Der Scheiterhaufen
Auf dem Leichen brennen
Wird für uns
Durch deine Gnade
Zum Bett des Glücks

Sonst wären
Meine Worte
Hohl
Und sie trügen
Keine Früchte

Segne mich
Herr
Daß diese Bäume
Diese Sträucher
Diese Steine
Mit meinem Blut
Verbunden sind

Sagt Tuka
Ich habe mein ganzes Leben
Aufs Spiel gesetzt
Um dich zu erkennen
O Pandurang
In deiner
Ganzheit

Wohin ich auch gehe
Du gehst mit mir
Du führst mich du bist's der
An der Hand mich faßt

Ich scheine zu laufen
Doch du bist mein Halt
Du läufst mit mir
Erleichterst meine Last

Mein Gerede ist unbedacht
Du gibst ihm erst Sinn
Ich zaudere nicht mehr
Du hast mich mutig gemacht

Jeder Mensch ist für mich
Der Menschheit Hüter
Alle sind mir lieb
Meine Seelenverwandten

Sagt Tuka
So gefällt mir das Leben
Von Seligkeit bin ich erfüllt
Von Frieden umgeben

Ein Wohltäter ist allein der
Der euch an Narayana erinnert

Alle anderen Sterblichen
Können euch nicht vom Elend befrein

Ruft sie nur zu Hilfe
Sie können euch keinen Ausweg zeigen

Sagt Tuka: nur ihm sei dankbar
Er überschritt sein eignes Sein

Je mehr mich diese Leute bewundern
Desto mehr beschämen sie mich
Denn ich weiß daß an mir nichts zu bewundern ist

Wie ein Maß das man immer wieder benutzt hat
Bin ich jetzt verbraucht
Dabei ging es nicht um irgendeinen persönlichen Gewinn

Ich bin wie ein zarter Dorn mit einer scharfen Spitze
Ich bin innen hohl und leicht zu zerbrechen
Ich bin wie ein Gemälde es scheint vollkommen
Doch leblos ahmt es das wirkliche Leben nach

Sagt Tuka: o Herr, ohne dich zu erfahren
Liege ich völlig brach

Verse nach dem Indrayani-Wunder I

Heute vor dreizehn Tagen begann ich zu fasten
　　trank nicht einmal Wasser
Und doch, Allmächtiger Vater, bist du nicht erschienen

O Herr der Sinne, etwas stimmt mit dir nicht
Warum bedeckst du dich mit Stein
Ich will jetzt mein Leben opfern auf deinem Altar
Pandurang, ich bringe mich um
O Vithabai, wie sehr hatte ich gehofft
Jetzt kann ich nur noch meine Existenz zerstören
　　Pandurang

Sagt Tuka: ich will mich jetzt auf den Weg machen
Dir überlaß ich mein Leben, Herr

Verse nach dem Indrayani-Wunder II

Ich war furchtbar ungerecht
Ich ging bis an die Grenze deiner Großmut
Nur weil mich die Leute aufstachelten
Ließ ich zu daß mich die Wut überwältigte

Du hast diesen ungeheuren Druck von mir genommen
Wie verächtlich ich bin wie unrein! Wirklich
Ich hielt meine Augen geschlossen
Dreizehn lange Tage

Ich ließ dich die ganze Last meines Daseins tragen
Ich ließ dich meinen Durst und meinen Hunger leiden
Ich ließ dich sogar mein Leben unterhalten

Du bewahrtest meine Schriften unter Wasser
Du schütztest mich vor öffentlicher Acht
Sagt Tuka
Du hast deinem Namen wirklich Ehre gemacht

Verse nach dem Indrayani-Wunder III

Keine Klinge schwebte drohend über meinem Haupt
Niemand wollte den Dolch mir in den Rücken stoßen
Ich aber heulte, o Hari, als wäre das Ende gekommen

Du teiltest dich in zwei gleiche Teile
Du warst bei mir und tief im Flusse auch
Weder hier noch dort ließest du
Den geringsten Schaden zu

Für viel kleinere Verbrechen
Würden leibliche Eltern die eignen Kinder töten
Was du mir vergeben hast war
Ein Vergehen wie nur du es ertragen kannst

Sagt Tuka: o Barmherziger
Es gibt keinen der großmütiger ist als du
Was soll ich noch sagen
Es hat mir die Sprache verschlagen

Verse nach dem Indrayani-Wunder IV

Soll mir doch einer die Kehle durchschneiden
Sollen mich doch Bösewichter quälen nach Belieben
Nie wieder will ich etwas tun
Was dich schmerzen könnte

Einmal hab ich den bösen Fehler gemacht
Ich zwang dich im Fluß zu stehen
Und meine Aufzeichnungen zu behüten

Ich hatte mir nicht überlegt
Mit welchem Recht ich dich um Hilfe bitten könnte
Weshalb der Allmächtige meine Last tragen sollte

Was geschehn ist, ist geschehen
Es hat keinen Sinn jetzt darüber zu reden
Aber von nun an, sagt Tuka
Wird man sich in acht nehmen müssen

Verse nach dem Indrayani-Wunder V

Du bist gütig wie eine Mutter
Du bist Schutz und Schirm von uns Armen
Unangekündigt kamst du zu mir
In Gestalt eines Kindes

Du brachtest mir Frieden
Ich konnte deine Säuglingsweichheit anfassen und fühlen
Deine Umarmung
Beruhigte mich

Du erwiesest mir Gnade in Gestalt von Menschen
Du segnetest mich durch die Hände der Heiligen
Du machtest meinen Geist
Frei vom Wesen des Leids

Sagt Tuka: ich war so ungerecht
Verzeih mir, Mutter
Werde ich dir je um meinetwillen
Wieder Kummer bereiten

Verse nach dem Indrayani-Wunder VI

Ich bin eine arme Kreatur
Wie kann ich deine Tiefe ermessen
O Pandurang
Bist du entschlossen etwas zu tun
Ist nichts unmöglich für dich

Früher hatte ich keine Geduld
Ich bin ein Trottel und moralisch minderwertig
Doch deine Gnade ist so grenzenlos
Daß du mich nicht zurückgewiesen hast

Du bist der Gott der Götter
Du bist die Seele des Weltalls
Warum mußte ein geringer Sklave wie ich
Dich um Vergebung bitten

Sagt Tuka: o Weltenherrscher
Ich bin wahrhaft ein Sünder
Um meine Sünde weiter gutzumachen
Zeigte ich mich an deiner Tür

Verse nach dem Indrayani-Wunder VII

Du bist zärtlicher als eine Mutter
Du bist kühler als der Mond
Du bist feiner als Wasser
O Wellengekräusel der reinen Liebe

Welchen Vergleich habe ich noch für dich
Du Vollkommener
Du läßt dich nur
Mit dir selbst vergleichen
Alle Namen sind es wert
Sie dir zu opfern

Du schufst den Trank
Der den Tod verhindert
Doch dein eigner Geschmack
Ist erlesener
Du erzeugtest
Die fünf Elemente
Du bist der Herr
Allen Seins
Ich werde jetzt nichts sagen
Nur mein Haupt auf deine Füße legen
Sagt Tuka: o Herr von Pandhari
Vergib mir alle meine Sünden

Verse nach dem Indrayani-Wunder VIII

Ich bin böse
Ich bin ungerecht
Ich kann es noch und noch
Wiederholen
O Vitthal
Laß mich verweilen
Zu deinen Füßen
Genug genug
Vom Leben in dieser Welt
Für mich
Der Sog des Karma
Ließ meinen Geist
Nie stillstehen
Denken ist zu lebendig
Sein Spektrum schwankend
Und seine Farben verstricken mich
In bedenkliche Illusionen
Sagt Tuka: schneid es ab jetzt
Das Band meiner Rastlosigkeit
O Herr von Pandhari
Laß dich nieder in meinem Herzen

t Gesegnet sein

Mein großer guter Guru segnete mich
Aber ich war gar nicht fähig ihm zu dienen

Ich war unterwegs zu einem Bad im Fluß
Da fand er mich und legte mir die Hand aufs Haupt

Er bat um ein halbes Pfund Butterrahm zum Essen
Doch verträumt wie ich war hab ich's ganz vergessen

Vielleicht spürte er ich war nahe dran in die Irre zu gehn
Deshalb kam er so schnell um mich zu initiieren

Er wies mich auf meine geistige Abstammung hin
Und nannte Raghav Chaitanya und Keshav Chaitanya

Er sagte er selbst heiße Babaji
Und gab mir das Mantra Rama Krishna Hari

Es war der zehnte Tag der hellen Hälfte des Monats
    Magha
Und ein Donnerstag, der Tag des Gurus, als er mich
    empfing, sagt Tuka

Er hielt die Hand über meinen vierfachen Leib
Und offenbarte mir den geistentflammten Seinszustand

Er prägte mir diesen geistentflammten Seinszustand ein
Der sich zu einem vollkommenen blauen Lichtball
zusammenzog

Rote weiße gelbe blaue und schwarze Farben
Rieselten vielfältig hervor

Das Selbst warf alle Farben ab und betrat das Reich
Seiner reinen und leuchtenden Durchsichtigkeit

Kein Bild kann dieses Licht wiedergeben
Seine vollkommene formlose Stille

Woher ankommen wohin aufbrechen
In so einer reinen Beständigkeit gilt es zu bleiben

Beständigkeit heißt ungebrochnes Sein
Es ist vollkommener als alles was es gibt

Es zu beschreiben heißt seine Reinheit zu zerstören
Wie kann man in Worten die Vollkommenheit des Seins
beschreiben

Sagt Tuka: was läßt sich über etwas sagen
Worüber alle Sprache schweigen muß
Babaji hat es mir offenbart

In fünfzehn Tagen erkannte ich Gott
Ich fand Vithoba der keine Gestalt hat

Ich ließ mich auf dem Bhambgiri-Berg nieder
Und konzentrierte mich aufs Sein jenseits des Seins

Ich wußte dies war das Nirvana und setzte mich hin
in der richtigen Pose
Und begann über den Herrn nachzudenken

Schlangen Skorpione Tiger fielen mich an
Von allen Seiten wurde ich angegriffen

Wie Kampfer der in einer Flamme verdampft
Genau so, sagt Tuka, wurde mein Leib

Im Teich des Glücks plätschern
Lauter Glückswellen
Glück ist der Leib
Des Glücks

Wie kann ich's beschreiben
Es ist zu verwirrend
Ich will's nicht mehr
Es wird immer zwingender

Wenn die Mutter sich sehnt
Ist's die Vorstellung des Ungebornen
Was innen wächst
Spiegelt sich außen wieder

Sagt Tuka
Was ich gieße
In diese Form
Ist das Gesicht meiner innersten
Erfahrung

Sauer geworden wurde das Glück zur Sahne des Glücks
Ich Gesegneter aber fing an die Sahne zu buttern

Mein Körper schaukelt und schwankt vor Glück
Meine Arme sind hin meine Augen sind hin

Seht wie Narayana wächst und wächst
Seht wie er sich verwandelt

Sagt Tuka: jetzt steht er bis an den Rand
Jeden Augenblick wird er überlaufen

Wasser hat sich
In den Himmel verwandelt
Eins ist in alles
Geraten

Wie soll man es jetzt fassen
Es kräuselt sich in sich

Was kann daraus überfließen
Es hat sich verschlossen

Sagt Tuka
Dies ist
Das Ende der Welt
Sonnenaufgang ist Sonnenuntergang

Ich bin jetzt süchtig
Danach
Ich bin besoffen
Vor Erregung

Seine Seele ist verrückt nach Gott
Seine Seele ist verrückt nach Gott
Sagt die Welt
Von mir

Ich trieb es
So im geheimen
Doch es ist herausgekommen
Es läßt sich nicht verbergen

Sagt Tuka
Wer auf ihn trifft
Ist abgeschnitten
Von allem andern

Der Körper ist
Zu angespannt
Die eigne Farbe
Ist mit seiner vermischt

Man hängt fest
In ihm
Es ist wie mit Wurzel
Und Sproß

Wenn ein Tröpfchen
In den Ozean fällt
Wohin kann es sich
Schon wenden

Tuka sagt
Das ist nichts Neues
Weiß Gott

Der Sinn ist fixiert
Der Atem gelähmt
Es zeigt sich das letzte
Symptom

Die halbgeschlossenen
Augen glühen
Die Gurgel ist verstopft
Die Haare sträuben sich

Das Bewußtsein schüchtert
Sich selber ein
Ich bin zu glücklich
Um außer mir zu sein

Es dämmert herauf
Das leuchtende Blau
Ich bin trunken
Vor Unsterblichkeit

Sonne und Mond
Umkreisen die Seele
Ekstase zieht sich
Zu Ekstase zusammen

Sagt Tuka: in Liebe
Schaukle ich
Sanft davon
Eine sichere Auflösung

Ein ganzer Baum ist in dem Samenkorn
Ein Samenkorn am Ende jedes Baumes
Genauso steht es zwischen dir und mir
Einer enthält den andren
Die Welle die sich auf dem Wasser kräuselt
Ist selbst Wasser
Sagt Tuka: das Bild
Geht auf im Spiegel

Nichts als Sein

Ich bin nichts
Ein Niemand
Gebürtig
Nirgendwoher
Ich bin allein
An meinem Platz

Ich mache nirgends
Meinen Besuch
Weder komme ich
Noch gehe ich
Ich rede mit
Der Leere

Niemand
Gehört mir
Ich gehöre
Niemand
Nichts hiervon
Ist wahr

Ich bin nicht gezwungen
Zu leben
Ich bin nicht gezwungen
Zu sterben
Ich bin
Ungeteilt

Sagt Tuka
Ich habe keinen Namen
Oder keine Gestalt
Ich bin weder aktiv
Noch passiv

Ich habe meinen Tod mit eignen Augen gesehn
Welch unvergleichliches Fest das war

Alle drei Welten waren von Ekstase erfüllt
Ich erfuhr es als ich zum kosmischen Wesen wurde

Ich war allein aufs Gebiet meines Ichs beschränkt
Nun da ich der Fülle entsagte genieße ich sie in allem

Jetzt beklage ich nicht mehr Geburt und Tod
Ich lasse den Rest meines geschrumpften Selbst
hier zurück

Narayana hat mir Zuflucht gewährt
Alle meine Gefühle liegen ihm zu Füßen

Sagt Tuka: die ganze Welt ist sein Abdruck
Und ich trage ihn wie eine Tätowierung auf meinem Leib

Ist Tuka auch zu klein ein Atom zu füllen
So ist er doch weit wie der Himmel

Ich habe meinen Tod hingenommen den Leichnam
aufgegeben
Aufgegeben auch die Welt der Phantasie

Ich habe Gott aufgelöst, das Selbst und die Welt
Und bin ein einziges lichtes Wesen geworden

Sagt Tuka: jetzt bin ich noch hier
Aus reiner Gefälligkeit

Die Welt ist jetzt ein Gebilde aus Licht
Die Dunkelheit ist gewichen

Hier gibt es kein Versteck
Alles liegt klar und offen

Der Tag der Wahrheit ist angebrochen
Alles ist größer als Sprache

Sagt Tuka: nur dem Leben zuliebe
Klammert man sich noch an die Trennungslinie

Mit einem Stock in der Hand
Rennt Tuka dem eignen Leichnam hinterher

Er bringt ihn zum Verbrennungsplatz
Wo die Toten auf die Flamme warten

Er bestraft ihn
Für vergangene Taten

Er fürchtet nichts
Denn Freud und Leid ist in Gottes Hand

Deshalb bin ich entschlossen
Mir so einen sauberen Abgang zu verschaffen

Sagt Tuka: es ist gesünder zu sterben
Als einen Körper zu haben der straffällig ist

Ich spreche eine Sprache des Schweigens
Ich bin schon tot

Sein ist für mich nicht unter Menschen sein

Was ich verbrauche ist bereits geopfert
Ich bin allein in der Gesellschaft aller
Ich habe alle Verbindungen gekappt
Zwischen Zweck und Mittel

Sagt Tuka: ich bin nicht was ich zu sein scheine
Wenn ihr Fragen habt fragt Pandurang

Tuka ist in Tuka hinabgestiegen
Himmel Erde Hölle sehen staunend zu

Meine einzige Bußübung
Ist mein Lobgesang auf ihn

Tuka sitzt im Himmelswagen
Und alle Heiligen sind Zeugen

Gott hungert nach reiner Hingabe
So sehr daß er Tuka in den Himmel hebt

Haris Name ist mein Segel und ich kreuze
Den Ozean des sichtbaren Lebens

Ich vertraue mich all diesen Heiligen an
Und bin so frei so frei

Haris Name ist mein Schwert mein Pferd
Und ich zerschmettre den Streitwagen des Erdenlebens

Haris Name ist mein Pfeil und Bogen
Und der Tod ergreift die Flucht vor mir

Ich herrsche über die Erde die Unterwelt
Und auch den Himmel in Haris Namen

Sagt Tuka: ich bin wahrhaftig
Zur rechten Hand Vitthals geworden

Das Wort ist nicht
Auf ein Land beschränkt

Es trifft nicht eine Person
Oder verfehlt eine andre

Das Wesen meiner Sprache
Ist weltumspannend

Wer den Köcher trägt
Verschießt seine Pfeile

Sagt Tuka: nicht ich bin es der zielt
Gott trifft dich

Wir die in formloser Ewigkeit wohnen
Haben uns ein Haus im leeren Raum gebaut

Wir sind eins mit einer Wirklichkeit die frei ist
von Illusionen
Wir erfahren eine Ganzheit die nicht teilbar ist

Sagt Tuka: verloren ist unser Ich
Was wir jetzt sind ist rein und unveränderlich

Splitternackte
Benutzen die Hände als Becher

Wenn einer Gott wirklich braucht
Bietet der Geist ihn an

Die Almosen die einer bekommt erfüllen seine Wünsche
Er schläft im Freien

Tuka wird vom Himmel selbst bekleidet
Er lebt im Unvorstellbaren

Alle Zeit aller Raum bringen jetzt Glück
An Unglück zu denken bringt Unglück

Das Licht das man hält hat die Nacht entfernt
Man weiß nicht einmal was Nacht ist

Zwischen Freude und Schmerz ist kein Unterschied
Selbst Schicksalsschläge bringen Gewinn

Sagt Tuka: alles was lebt
Macht jetzt daß ich gesegnet bin

Für mich ist Gott tot
Mag's ihn geben für die, die ihn brauchen

Ich will nicht mehr von ihm sprechen
Seinen Namen nicht wieder nennen

Wir haben einander erschlagen

Ihn preisend verfluchte ich ihn
Eine Sache, Herr, die nie endet

Sagt Tuka: mein ganzes Leben habe ich verschwendet
Auf der Suche nach ihm
Jetzt säße ich gern still

Meine Sterblichkeit ist beendet
Ich bin todlos
Das Heim ist ausgelöscht
Die Grundlage vernichtet
Der hohle Leib entleert

Es gab eine Flut
Und sie ist vorbei
Ich lebe weiter
Kraft meines Willens

Sagt Tuka: was ich geerbt habe
Das feiere ich

Für uns ist die Menschheit zur Wildnis geworden
Im Namen Vitthals ist alles enthalten

Wo ich auch hinsehe finde ich meine Eltern
Da ist Vitthal da ist Rakhumai

Wald und Stadt sind einander gleich
Ein Raum wie meiner ist nicht unterteilbar

Ich kenne keine Freude mehr ich kenne kein Leid
Tuka tanzt und sein Staunen ist grenzenlos

Ich war so durstig
Ich trank meinen Durst
Ich war so hungrig
Ich aß meinen Hunger

Sogar mein Selbst
Wurde zu nichts
Vitthal
Fand mich rein

Es war kein Raum
Für Begehren
Der Geist brach zusammen
Zu seinen Füßen

Was übrig blieb
War immer noch Tuka
Sein Leben ging verloren
An sich selbst

Weil ich nicht suchen kann
Halte ich mich an seinen Füßen fest

Jetzt, Narayana, flehe ich
Nimm mich den Leuten aus den Augen

Mein Geist kehrt zu seinem Ursprung zurück
Um völlig zu verschwinden

Tuka hat sein Gedächtnis verloren
Er spricht er läuft aber schweigt

Nur Vitthal sagen nur Vitthal sehen
Vitthal zu meinem Leben meiner Seele machen

Mein Geist ist bei ihm und kehrt nie zurück
Vitthal ist sein einziges Ziel

Ich habe den Knoten gelöst wo er am verwickeltsten war
Ich kann ihn umarmen solange ich will

Sagt Tuka: es ist kein Platz für Wut und Begier in mir
Mein ganzer Leib ist mit Vitthal gefüllt

Mir ist nach Tanzen
Den Takt schlägst du

Wie eine Puppe am Seil
Läßt du mich schwingen

Von deinem Namen deiner Form belebt
Regen meine Sinne sich

Sagt Tuka: Pandurang
Umwickelt mich

Die Macht des beseelten Gesanges
Ist nicht von dieser Welt

Du hast mich damit begabt, o Herr
Laß mich dir dienen ununterbrochen

Die Flut der Liebe die in meinem Leibe schwillt
Verebbt nie sie schlägt immer höher

Sagt Tuka: ich lege deinen unsterblichen Namen frei
Mit meiner Stimme

Zwischen dir und mir ist kein Unterschied
Ich mache einfach nur Spaß

Du hast genau dieselbe Figur und Größe wie ich
Streck mich soviel du willst

Ich bin in Wirklichkeit in dir
Du sorgst für dich außerhalb meiner

Ganz still bleib ich in dir
Dein Wille herrscht in mir

Du bist es der mit meinem Munde spricht
In dir bleib ich gelassen

Sagt Tuka: o Gott
Wie unsre Namen durcheinandergeraten

Ich war einsam im Nichts
Ich hatte keinen Gefährten

Und jetzt? Seht ihr wie dieser Herr der Sinne
Mich verrückt macht

Er verbirgt seinen Leib in meinem
Um mir Gesellschaft zu leisten

Sagt Tuka: ich habe nie geahnt
Daß mein eignes Gefühl mich zerstören würde

Ich habe keine Arbeit
Seht wie leer ich bin
Ich tue was mir gerade einfällt
Ich bin ein unbeweglicher Träumer
Meine wunderliche Besessenheit
Läßt die ganze Welt sich krümmen vor Lachen
Ganz plötzlich ist Tuka
Abgeschnitten von der Welt

Der wahre Grund warum du dieses Drama und seine
Akteure geschaffen hast
Ist schlicht und einfach deine Liebe zum Theater

Im übrigen hab sogar ich seit langem den Verdacht
Daß der Tiger wie die Kuh nur Holzfiguren sind

Das Spiel als Ganzes hat nur den einen Sinn
Daß nichts teilbar ist, ein Licht hat viele Flammen

Es gibt noch eine gute Nachricht mehr
Sagt Tuka: der Spiegel ist leer

90 Ein Abschied vom Sein

Von niedriger Geburt bin ich und ein Händler
Diese Gottheit wird mir zuteil wie ein heiliges Erbe

Mehr kann ich nicht sagen, aber ihr Heiligen
Ich will mein Wort halten und eure Frage beantworten

Seit dem Tod meiner Eltern
Lebte ich als Familienvater in äußerstem Elend

Hungersnot machte mich arm, ich verlor meine Ehre
Und mußte mit ansehn wie eine meiner Frauen
den Hungertod starb

Ich schämte mich und litt große Qual als ich sah
Daß mein Geschäft ruiniert war

Der Schrein meiner Gottheit war zerfallen
Und ich wollte ihn erst wieder aufbauen

Anfangs sang ich fromme Lieder dort eher schlecht
als recht
Am elften Tag des Monats

Ich konnte ein paar Heiligensprüche auswendig
Und gab sie wieder ehrfürchtig und gläubig

Im Chor sang ich den Vorsängern nach
Und stimmte in den Kehrreim ein mit reinem Herzen

Ich war mir nie zu gut den Heiligen zu folgen
Der Staub an ihren Füßen war mir heilig

Ich arbeitete schwer um meinen Körper abzuhärten
Und half anderen soviel ich konnte

Ich war des Laufs der Welt so überdrüssig
Daß ich allen guten Rat meiner Freunde verschmähte

Ich machte den eignen Verstand zum einzigen Richter
der Wahrheit
Und lehnte die gängige Lebensart ab

Ich folgte den Weisungen die mir mein Guru
    im Traum gab
Und hielt fest am Namen Gottes

Nach einiger Zeit als mein Geist Vithobas Füße ergriff
Inspirierte mich das Gedichte zu schreiben

Später machte man mich schlecht und griff mich an
Das traf mich tief

So versenkte ich alle meine Schriften und bat Gott
Sie mir wiederzugeben wenn ich im Recht war
    und Narayana erhörte mich

Auf alle diese Einzelheiten einzugehen
Würde zu lange dauern also belaß ich's dabei

Jetzt bin ich genau das was ich euch allen scheine
Gott allein weiß was die Zukunft bringen wird

Eines habe ich verstanden daß Narayana
Seine Anhänger nie im Stich läßt

Sagt Tuka: mein einziges Vermögen auf dieser Welt
Sind die Gedichte die Pandurang mir in den Mund legte

Tukaram verabschiedet sich

Bringt mich ein Stück und geht nach Hause jetzt
Ihr alle

Mögt ihr das Gute erlangen eure Pflicht tun ohne Falsch
Meinen Segen habt ihr

Ihr zogt mich auf und übergabt mich dem Einen
Jetzt läuft alles in meinem Sinne

Ich hab mich gehalten an das woran mir lag
Es ist Zeit zu gehen mit dem Herrn meines Atems

Laßt eure Liebe nicht länger verweilen
Beruhigt euch

Wer immer sich mit mir zusammentat
Der hat erreicht worauf es ankommt: Lauterkeit

Sagt Tuka: dies ist unser letztes Treffen
Alles was ich hinterlasse sind Geschichten über mich

Wir gehen zurück zu unserm Ausgangspunkt
Macht's gut Gott segne euch

Dies war unser einziges Treffen
Wir werden nicht wieder geboren

Ich bitt euch um Vergebung jetzt
Ich berühr eure Füße mein letztes Zeichen von Demut

Immer wenn einer heimkehrt
Dem Ende begegnet, sagt Vitthal! Vitthal!

Sagt Rama Krishna! Rama Krishna!
Tuka bricht auf nach Vaikunth

Nachwort von Dilip Chitre

Im Jahre 1649 verließ der große Marathi-Dichter und Mystiker Tukaram diese Welt. Bevor er, ohne eine Spur zu hinterlassen, verschwand, sprach er ein letztes Mal zu seinen Freunden und Jüngern, die sich am Ufer des Flusses versammelt hatten. Er sang ihnen Lieder, die er komponiert hatte und die vor allem von seiner Lebenserfahrung handelten sowie von seinem Ringen, Gott in seinem Leben zu verwirklichen. Dann verkündete er ihnen, daß seine Lebensaufgabe nunmehr beendet sei und er sich heim zu Gott begeben werde. Zu jener Zeit war Tukaram gerade 41 Jahre alt.
Obwohl in Indien seit Jahrhunderten als einer der größten Dichter anerkannt und als Heiliger verehrt, wurde Tukaram erst in neuester Zeit durch englische und französische Übersetzungen ausgewählter Teile seiner Dichtung auch im Westen zunehmend bekannt. Da ich Tukaram vor nicht allzu langer Zeit ins Englische übersetzt und mit seinem deutschen Übersetzer Lothar Lutze eng zusammengearbeitet habe, wird mir die Ehre zuteil, Tukaram den deutschen Lesern vorzustellen.
Professor Lutzes deutsche Fassung basiert auf meiner Übersetzung der Originaltexte aus dem Marathi ins Englische. Daß Lothar Lutze zwei mit dem Marathi eng verwandte Sprachen, Hindi und Bengali, beherrscht, befähigt ihn in besonderem Maße, einen Dichter vom Range Tukarams in die deutsche Sprache zu übertragen. Bereits mit seiner gelungenen Übersetzung der Gedichte Kabirs aus dem Hindi bewies Lutze seine eingehende Kenntnis von den Besonderheiten der spirituellen Weltsicht der Hindus, die den Kern der Dichtkunst sowohl von Kabir als auch von Tukaram ausmachen.
Marathi wird heute von etwa 70 Millionen Menschen gesprochen und zählt zu den zwanzig am meisten gesprochenen Sprachen der Welt. Es hat sich in den letzten tausend Jahren entwickelt, und seine Literaturgeschichte erstreckt sich über acht Jahrhunderte. Bereits seit seinen Anfängen hatte sich das Marathi als Sprache des Volkes in Konkurrenz zum elitären Sanskrit, der Sprache der brahmanischen Texte, behaupten müssen.

Das Sanskrit ist aber nicht nur die Sprache der Hindu-Schriften, sondern es bietet ein nicht minder reiches Erbe an profaner Literatur: Die großen Epen, das Ramayana und das Mahabharata, sind wie zahlreiche andere mythologische, philosophische und literarische Texte in Sanskrit verfaßt. Die religiösen Texte waren jedoch ausschließlich der brahmanischen Priester-Kaste vorbehalten, die allein ermächtigt war, sie zu interpretieren und für rituelle Praktiken zu verwenden. Weltliche Sanskrit-Literatur war dagegen auch den beiden oberen Kasten zugänglich: der Krieger-Kaste der Kshatriyas, der die Könige und Adeligen entstammten, und der Kaufleute- und Bauern-Kaste der Vaishyas, aus der die Gutsherren und Handelsfürsten hervorgingen. Der größte Teil der Bevölkerung gehörte der Kaste der Shudras an, die sich wiederum in viele Jatis oder Gemeinschaften – der Fach- und Hilfsarbeiter, Landarbeiter, Handwerker und Künstler – gliederte. Nicht nur die vier Kasten waren hierarchisch unterteilt, sondern es gab auch in jeder einzelnen Kaste weitere Abstufungen.
Das Auftauchen und die Entwicklung der modernen indischen Sprachen muß im Zusammenhang mit dem elitären Kastenwesen gegenüber den Bräuchen und Traditionen des Volkes gesehen werden. Die Volkstraditionen haben sich in den Dialekten bewahrt, die von abgeschiedenen ethnischen und Kasten-Minderheiten gesprochen wurden, welche in Wirklichkeit aber die überwiegende Mehrheit der Bevölkerung ausmachten. Die vielen Dialekte, die von zahlreichen Gemeinschaften der unteren Kaste gesprochen wurden, verschmolzen mit der Zeit zu größeren sprachlichen Einheiten wie dem Marathi. Als man begann, auch in den neuen Volkssprachen Literatur zu verfassen, war es ganz natürlich, daß diese ebenso aus Volkstraditionen und mündlichen Überlieferungen wie aus klassischen Sanskrit-Quellen religiöser und weltlicher Art schöpfte.
Da extrem wenige Menschen lesen und schreiben konnten und der Buchdruck noch unbekannt war, wurden die in Marathi und anderen Volkssprachen abgefaßten Texte direkt vor einer Zuhörerschaft vorgetragen oder in den verschiedenen Formen des Volkstheaters aufge-

führt. Erzählung, Ermahnung, Predigt, Märchen, Spiel, Gesang, Tanz, Vortrag, Zwiegespräch – all dies wurde zuweilen auf unterschiedliche schöpferische Weise miteinander verknüpft.

Eines der beliebtesten Genres des halb religiösen, halb profanen Volkstheaters ist der Kirtan. Kirtan bedeutet wörtlich Preisgesang einer Gottheit oder der einer bestimmten Gottheit ergebenen Gläubigen, die sie verehren. Tukaram war ein berühmter Kirtan-Sänger, der seine eigenen Lieder sang. Das gewaltige Korpus dessen, was von Tukarams Werk als authentisch erklärt bis heute überlebt hat, umfaßt nahezu 4.000 einzelne Lieder, von denen viele thematisch miteinander verknüpft sind. Als Kirtan-Sänger wanderte Tukaram mit seinen ständigen Begleitern von Ort zu Ort. Kirtans werden traditionsgemäß vor dem Bild einer Gottheit aufgeführt. Viele große Tempel besitzen vor dem inneren Heiligtum eine große Halle oder einen Pavillon, wo Kirtans aufgeführt werden. Auch Kirtan-Sänger werden nach Kasten unterschieden.

Die Kirtankaras oder Kirtan-Künstler, die selbst als große Verehrer oder Bhaktas einer bestimmten Gottheit gelten, werden oft als Heilige oder Menschen im Besitz göttlicher Bewußtheit bezeichnet. Unter Bhakti versteht man die spirituelle Sehnsucht nach einer Gottheit, die gefühlsmäßige Hingabe an ihren Namen und ihr Bildnis oder ihre Statue. Bhakti bedeutet immerwährende Bewußtheit der Allgegenwart Gottes, wie sie symbolhaft in den Namen und bildlichen Gestalten der persönlichen Gottheit erscheint, sowie ständige Lobpreisung Gottes. Singen und Tanzen sind die zwei populärsten Arten der Lobpreisung. Alle Verehrer einer bestimmten Gottheit bilden zusammen einen Kult.

Die persönliche Gottheit Tukarams ist Pandurang, auch Vitthal oder Vithoba genannt. Diese Gottheit wird als besondere Gestalt von Vishnu oder Krishna angesehen, und es werden unzählige andere Eigennamen für den gleichen Gott verwendet. Jeder dieser Namen hat eine genau umrissene Bedeutung, die ein besonderes Merkmal oder Attribut dieser Gottheit hervorhebt. Diese Eigennamen werden von Dichtern wie Tukaram ganz be-

wußt eingesetzt, um dadurch das Augenmerk auf eine bestimmte Eigenschaft der Gottheit zu lenken, auf die ihr spezieller Name anspielt.
Eines der besonderen Merkmale des Pandurang- oder Vitthal-Kultes ist die einzigartige bildliche Darstellung der Gottheit und die damit verbundene Legende. Es handelt sich um eine männliche Gestalt, deren Füße in symmetrischer Anordnung auf einer erhöhten, rechteckigen Plattform stehen, die seinen Verehrern unter der Bezeichnung der »Ziegel« bekannt ist. Die ursprüngliche und heiligste Darstellung Pandurangs befindet sich in der Stadt Pandharpur in Maharashtra. Die mit diesem Standbild verknüpfte Legende ist die Geschichte eines großen Anbeters oder Heiligen namens Pundalik. Nachdem der Ruf von Pundalik als großem Anbeter bis zu Vishnu gedrungen war, stattete Vishnu Pandharpur, wo Pundalik lebte, einen Besuch ab. Als Vishnu dort ankam, war Pundalik gerade damit beschäftigt, seinen Eltern Dienste zu erweisen. Er bediente sie mit solch inniger Hingabe, daß er kaum Notiz davon nahm, daß Vishnu höchstpersönlich ihn besuchte. Er bat seinen Besucher, sich solange auf einen in der Nähe herumliegenden Ziegel zu stellen, bis er den Dienst an seinen Eltern zu Ende verrichtet hatte. Pundalik ging weiter ganz und gar in den Pflichten seinen Eltern gegenüber auf, und Vishnu steht noch immer auf dem Ziegel, die Arme wartend in die Seite gestemmt.
Die Geschichte von Pundalik ist für das Verständnis des Vithoba- oder Pandurang-Kults von entscheidender Bedeutung. Sie macht uns viele Facetten von Bhakti, der Gotteserfahrung über den Weg hingebungsvoller Anbetung, deutlich.
Als erster Punkt ist hervorzuheben, daß Vishnu, der in seinem himmlischen Reich Vaikunth wohnt, aus Neugierde persönlich diese irdische Stadt Pandharpur besucht, um seinen großen Verehrer Pundalik kennenzulernen. Somit ist es die Hingabe, die die Gottheit anzieht, weil diese sich danach sehnt, verehrt zu werden. Der zweite Punkt ist, daß Pundalik seine weltliche Pflicht, den Eltern zu dienen, nicht vernachlässigt, als Vishnu ihn besucht. Die persönliche Begegnung mit Gott kann

warten, zuerst kommt unsere weltliche Pflicht, und unsere eigenen Eltern sind ebenso wichtig wie unser Vater und unsere Mutter in göttlicher Gestalt, oder sie vertreten sogar die göttlichen Eltern auf Erden. Der dritte Punkt ist Vishnus Geduld und seine Bewunderung für das Pflichtbewußtsein seines Verehrers. Gott ist bereit, auf seinen Verehrer zu warten, solange dieser sich mit der gleichen Hingabe den weltlichen Pflichten widmet, wie er sie seiner Gottheit gegenüber erfüllen würde.

Für alle, die Vishnu in der besonderen Gestalt als Pandurang oder Vithoba verehren, ist Pandharpur eine heilige Stadt und das Ziel regelmäßiger Wallfahrten. Pandharpur ist für alle Pandurang-Verehrer der Himmel auf Erden. Dort pilgern sie hin, um ihrem Vater und ihrer Mutter, Vater und Mutter des Universums, zu begegnen.

Jeden Monat ist der elfte Tag der hellen Monatshälfte des Mondmonats ein Tag, an dem man durch eine Wallfahrt nach Pandharpur Pandurang begegnen kann. Das größte Pandurang-Fest des Jahres findet in Pandharpur im Monat Ashadh zu Beginn der Regenzeit statt. An diesem Tag treffen aus ganz Maharashtra Pilger ein. Die Reise wird traditionsgemäß zu Fuß unternommen. Auf dem Weg nach Pandharpur tragen die Pilger silberne Sandalen als Symbol der Füße des großen Dichter-Heiligen von Pandurang. Die größten Pilgergruppen machen sich von Alandi, der ewigen Ruhestätte Jnaneshvars, des Dichter-Heiligen aus dem 13. Jahrhundert, und von Tukarams Geburtsort Dehu auf ihren Weg. Von diesen beiden Punkten legen die Pilger in ungefähr drei Wochen zu Fuß eine Strecke von etwa 320 km zurück.

Günther-Dietz Sontheimer und Henning Stegmüller haben über diesen Pilgerzug einen 90minütigen Dokumentarfilm mit dem Titel »Vari – eine indische Wallfahrt« gedreht. Dieser Film gibt einen tiefen Einblick in den faszinierenden Vithoba-Kult und seine lebendige Verbindung mit der gesamten Gattung der Dichtung als Form spiritueller Hingabe inmitten des menschlichen Leids.

Einer der Gründer der literarisch artikulierten Vithoba- oder Pandurang-Verehrung in Gedichtform war der Dichter, Philosoph, Mystiker und Yogi Jnaneshvar. Während des 13. und 14. Jahrhunderts wurden Jnaneshvar und seine Zeitgenossen zu den Schöpfern einer literarischen Wiederbelebung der Marathi-Sprache. Die spirituelle Erweckung, die sie hervorrief, entfaltete sich bis zum Ende des 17. Jahrhunderts. Während dieser vier Jahrhunderte wurden die soliden Fundamente der Marathi-Literatur geschaffen, mit ihren einzigartigen Beiträgen zur Dichtkunst als einer Kunstform, die die conditio humana in ihrer leuchtenden Schärfe widerspiegelt.

Seit Jnaneshvars Zeit herrschte ein ständiger Konflikt zwischen der brahmanischen Religion und dem Bhakti. Die brahmanische Religion hält sich an rituelle Praktiken, wobei die priesterliche Meditation im Mittelpunkt steht. Ein weiteres Merkmal des Brahmanismus ist sein strenges Festhalten am Dharmashastra, einem Verhaltenskodex, der sämtliche Aspekte der persönlichen, zwischenmenschlichen und familiären Beziehungen innerhalb und zwischen den Kasten von der Geburt eines Menschen bis zu seinem Tod regelt.

Nach den strengen Grundsätzen des Brahmanismus beging jeder, der in Marathi über irgendein religiöses Thema schrieb, – und Religion umfaßt verständlicherweise das gesamte menschliche Leben –, ein Sakrileg, welches eine Bestrafung nach den Gesetzen des Dharmashastra verdiente.

Auch wenn diese nicht mit der gleichen Härte durchgesetzt wurde, mit der die Inquisition die Ketzerei unterdrückte, – der Brahmanismus verfügt über keine mit der organisierten Kirche vergleichbare Institution, und Maharashtra unterstand damals islamischen Herrschern, die kein Interesse daran hatten, Fehltritte der Hindus durch Gesetze der Brahmanen zu verfolgen – so übten die Brahmanen dennoch Druck auf andere Kasten aus, indem sie sich auf das Dharmashastra beriefen, wann immer es ihnen notwendig erschien. So benutzten sie das Dharmashastra, um Jnaneshvar und seine Geschwister im 13. Jahrhundert zu exkommunizieren, indem sie sie als illegitime Nachkommen bezeichneten.

Jnaneshvar wirkte jedoch weiter und gründete den Varkari-Bhakti-Kult der Gottheit Vithoba. Im 17. Jahrhundert war Tukaram die führende Gestalt in der gleichen häretischen Tradition, die dem Menschen die Freiheit bot, seiner persönlichen Intuition und Fähigkeit entsprechend seine eigene Beziehung zu Gott, dem höchsten Wesen, zu gestalten und auszulegen. Es handelte sich dabei um eine protestantische Bewegung, obwohl sie in dem einzigartigen und komplexen Kontext des Hinduismus und seiner Geschichte in Maharashtra betrachtet werden muß.

Tukaram wurde 1608 in Dehu, einem Dorf in der Nähe von Pune geboren, wo seine Vorfahren bereits seit mindestens drei Jahrhunderten als Bauern und Kaufleute gelebt hatten. Obwohl Tukaram als Bauer und Händler ein Vaishya war, behandelten die Brahmanen seiner Zeit ihn und seine Gemeinschaft als Shudras. Die Shudras bilden in der hinduistischen Kastenordnung die niedrigste Stufe, und die untersten unter ihnen gelten als Unberührbare.

Obwohl Tukaram seiner Kaste nach kein Shudra war, unterteilten die Brahmanen in Maharashtra in jener Zeit die Gesellschaft im wesentlichen in Brahmanen und die anderen. Tukaram hatte eine zwiespältige Einstellung zum Kastensystem, zur Theorie des Karma und zu den Privilegien, welche die Brahmanen-Priester angeblich von Geburt an genossen. Manchmal spricht er mit kräftigem Sarkasmus über sie und niemals ohne eine feine, scharfe Ironie.

Indem er die Worte als Waffen benutzt, wie dies nur ein Dichter vermag, spricht Tukaram eine sehr anspielungsreiche Sprache, die so subversiv ist, daß sie zuweilen blasphemisch klingt, dabei jedoch stets zutiefst auf den allgegenwärtigen Geist eines kosmischen Gottes konzentriert bleibt. Die dramatischen Entwicklungen in Tukarams Leben und sein Werdegang als von Gott inspirierter Dichter lassen sich nur vor diesem Hintergrund verstehen.

Tukaram führte in seinen frühen Jahren das Leben eines normalen Haushaltsvorstandes. Wie es in Indien damals Brauch war, verheirateten ihn seine Eltern mit einer weniger als zehn Jahre alten Kindfrau, als er selbst noch ein Teenager war. Als sein älterer Bruder die große Familie verließ, um in den Lebensstand eines Asketen zu treten, fiel die Verantwortung für die Familie auf

Tukarams Schultern, da seine Eltern alt und gebrechlich waren. Da Tukarams erste Frau an einer chronischen Krankheit litt, vermittelten seine Eltern ihm eine andere, ohne daß er die erste Frau verlassen mußte, die von der Familie weiterhin geliebt und umsorgt wurde. Tukarams Familie bestand also aus seinen Eltern, der Frau seines älteren Bruders, seinen eigenen beiden Ehefrauen, seinen Kindern sowie aus seinem jüngeren Bruder und dessen Familie.
Die Familie hatte den erblichen Stand von Mahajanis oder Handelsaufsehern, da sie seit mehreren Generationen eine wichtige, Landwirtschaft und Handel betreibende Familie im Dorf war. Sie war wohlhabend und gehörte zu den führenden Verehrern Vithobas.
Ein Vorfahre Tukarams hatte im 13. Jahrhundert auf einem seiner Felder Bilder von Vithoba und Rakhumai gefunden. Er entdeckte sie, nachdem er in einem Traum dazu aufgerufen worden war, die Bilder auszugraben und sie in einem Schrein aufzubewahren, damit die Alten, Behinderten und Kranken zur Verehrung des Gottes nicht den beschwerlichen Weg bis zum Tempel in Pandharpur zurücklegen mußten. Tukarams Familie war im Besitz des Schreins, den jener Vorfahre einst errichten ließ. Im Laufe der Zeit wurde er immer weiter ausgebaut und ist heute zu einem großen Tempelkomplex angewachsen.
Tukaram betrieb seine Handelsgeschäfte äußerst ehrlich und sparsam. Das Geld, das er erwirtschaftete, wurde in Nächstenliebe zur Unterstützung von Notleidenden verwendet. Dann veränderte eine Serie von Unglücksfällen sein Leben. Zunächst starben seine Eltern, die er tief verehrte. Gleich darauf wütete um 1629 eine der schlimmsten Hungersnöte, die in der Geschichte dieser Region Indiens je verzeichnet wurde. Drei aufeinanderfolgende Jahre lang fiel nahezu überhaupt kein Regen, Trinkwasser- und Lebensmittelknappheit verursachten ein großes Sterben. Tukaram war jedoch ein mitfühlender Menschenfreund. Er öffnete seine Getreidespeicher und verteilte Lebensmittel unter der vor Hunger ausgezehrten Bevölkerung. Als seine eigenen Kornspeicher leer waren, verpfändete er seine Ländereien und sein

Haus, um Nahrung für die Notleidenden zu kaufen. Doch schon bald war nichts mehr für ihn selbst übrig. Als seine erste Frau vor seinen Augen verhungerte, konnte er ihr nicht helfen. Auch sein Lieblingssohn starb in dieser Zeit. Tukaram, seine zweite Frau und deren Kinder sowie der jüngere Bruder Tukarams mit seiner Familie waren einige der wenigen, die noch am Leben waren. Einige der reicheren Kaufleute und Bauern hatten die Hungersnot dagegen nicht nur überlebt, sondern sogar von ihr profitiert. Aber nicht nur sie, sondern auch Mitglieder der oberen Kasten der Brahmanen, Kshatriyas und Vaishyas hatten überlebt.

Diese große Hungersnot in Dekkan, der Hochebene südlich des Vindhya-Gebirges auf der indischen Halbinsel, wird von Europäern und Moslems in ihren Chroniken und Dokumenten durchaus erwähnt. Sonderbarerweise aber ist Tukaram der einzige bedeutende einheimische Schriftsteller, der in seinem Werk auf die Verwüstungen durch die Hungersnot und auf die verheerenden Folgen anspielte, die sie für sein eigenes Leben hatte.

Tukaram wurde vom Dorfhauptmann und den anderen Mächtigen des Ortes für bankrott erklärt und erniedrigt. Seine menschliche Großherzigkeit, sein Pflichtgefühl gegenüber den Mitmenschen und seine selbstaufopfernde Nächstenliebe, all dieses wurde als Mangel an Voraussicht, Verlust gesunden Menschenverstandes und Leichtgläubigkeit betrachtet. Tukaram fühlte sich gedemütigt und ausgestoßen. Er war seinen eigenen Leuten, und sie ihm gegenüber, fremd geworden. Er baute den Vithoba-Schrein der Familie, der seit geraumer Zeit vernachlässigt worden war, wieder auf und begann den Großteil seiner Zeit in dessen Bezirk unter heiligen Männern zu verbringen, den Kirtans zu lauschen und im Chor mitzusingen, wenn sie den Refrain eines »abhang« anstimmten. Der »abhang« ist eine vierzeilige Strophe, die der Gläubige vor Gott singt und deren letzter Vers den Namen des Dichters enthält, z. B. »sagt Tuka«.

Die Hungersnot war das traumatischste Ereignis seines bisherigen Lebens. In dieser Zeit hatte er eine Vision. Er selbst beschreibt diese Vision als einen Traum, in dem seine Gottheit Vithoba oder Pandurang in genau der Gestalt erschien, in welcher sein Bild in Pandharpur und andernorts dargestellt war. Der Gott war von dem Dichter-Heiligen Namdev (1270–1350) begleitet, der in einem abhang gelobt hatte, eine Billion abhangas zum Lobe Pandurangs zu schreiben. Tukaram befand sich im Zustand des Schlafes, so daß dies ein Traum im Traum war. Vitthal und Namdev weckten ihn auf, und Vitthal sprach zu ihm: Dein Auftrag im Leben ist, Gedichte zu schreiben. Mach dich ans Werk und schreibe Gedichte. Verschwende nicht müßig die Zeit. Und Vitthal gab Tukaram das Maß, womit vermutlich das Versmaß der Komposition gemeint war. Namdev sprach zu Tukaram: Ich habe gelobt, daß ich eine Billion abhangas zur Ehre Vithobas schreiben werde. Dir, Tuka, übertrage ich die Aufgabe, dieses Werk statt meiner zu vollenden.

Tukaram erwachte aus diesem Traum, blieb aber zeitlebens von ihm beseelt. Damals war er etwa 22 Jahre alt. Neunzehn Jahre später ging er von dieser Welt, nachdem er viele Tausende abhangas gedichtet hatte. Aus über zehntausend existierenden abhangas, die ihm zugeschrieben werden, akzeptiert die Textkritik nach allgemeinem Konsens jedoch weniger als 4.000 als authentisch. Aber selbst nach diesem Befund bilden sie immer noch die beeindruckenste dichterische Autobiographie, die die Welt je gesehen hat. Damit ist natürlich keine Autobiographie im Sinne einer chronologischen, in Versen statt in Prosa abgefaßten Aufzeichnung von Ereignissen aus dem Leben eines Autors gemeint. Es handelt sich vielmehr um ein gewaltiges Korpus einzeln für sich stehender, zuweilen zu längeren Sequenzen verknüpfter Gedichte. Lyrik, aus einer Fülle unterschiedlicher Gefühlszustände entstanden, die persönliche und subjektive Erlebnisse wiedergeben, von bestimmten Ereignissen berichten, einfache Märchen erzählen, mythologische oder fiktive Figuren in Szene setzen, Gleichnisse heranziehen oder aus anderen Quellen der literarischen Tradition schöpfen. Bei all diesen unterschiedlichen Formen dichterischen Ausdrucks bleibt der Blickpunkt aber stets und unerschütterlich der gleiche: Tukarams sich entwickelnde Beziehung zu seiner Gottheit Vithoba oder Pandurang.

Obwohl der uns heute verfügbare Text keinerlei chronologische Ordnung enthält, können wir jedoch erkennen, daß es sich um die Teile eines Puzzles handelt, das den gewaltigen spirituellen Weg eines begnadeten Dichters beschreibt. Noch 350 Jahre später erreicht Tukarams Stimme wahr und klar klingend unser Ohr.
Mit noch nicht vierzig Jahren war Tukaram zu einer so charismatischen Kultfigur geworden, daß die Brahmanen dies in tiefe Unruhe stürzte. Bhakti als Weg der Gottesverehrung und als Maß für die Qualität dessen, was der einzelne auf Erden anstreben soll, hatte einen weitreichenden kulturellen Einfluß erlangt. Es räumte auf mit priesterlicher Meditation, heiligen Riten und Ritualen, mit Selbstkasteiung, Opferungen und unverständlichen Texten, verfaßt in einer Sprache, die niemand außer den gebildeten Brahmanen sprach. Durch Bhakti fanden die Menschen Befreiung und Bestärkung, die sie als Voraussetzung für spirituellen Trost brauchten. All dies fanden sie in Tukarams Dichtung, die ihre eigenen Nöte und Leiden, ihre eigene Sehnsucht nach einem Gott widerspiegelte, der eine liebende und verständnisvolle Vater- und Mutterfigur, Freund und Helfer in der Not, Philosoph in Zeiten von Zweifel und Verwirrung und ein Führer in Glaubenskrisen war. Tukaram faßte dieses Verlangen nach einem solchen Gott in Worte und verkündete dessen Existenz unter Berufung auf seine eigene Erfahrung.
Die zutiefst empörten Brahmanen stellten Tukaram vor ein Gericht. Rameshvar Bhatt, ein selbsternannter Hüter des Dharmashastra, verkündete in seinem Urteil, daß Tukarams Schriften gotteslästerlich seien, und befahl, Tukarams gesamte dichterische Manuskripte im Fluß Indrayani zu versenken. Als die Brahmanen sich der Handschriften bemächtigten, beschloß Tukaram, keine Nahrung mehr zu sich zu nehmen und sich zu Tode zu hungern. Fortan saß er auf einem Stein am Ufer und betete zu Pandurang, er möge ihn wieder in den Besitz seiner Gedichte bringen, waren sie doch der einzige Beweis dafür, daß sie von Pandurang selbst, der Tuka zu seinem persönlichen Dichter erwählt hatte, in Auftrag gegeben worden waren.

Dreizehn Tage später tauchten die Manuskripte, so wird berichtet, wieder aus den Fluten des Indrayani auf. Für die Varkaris ist das Wiederauftauchen von Tukarams Dichtung so wahr wie die Auferstehung Jesu für einen gläubigen Christen. Ein Wunder, das ihnen das Wandeln eines strahlenden Wesens auf Erden in menschlicher Gestalt offenbart.
Für einen Leser wie mich ist das Strahlende von Tukarams Dichtung Wunder genug. Diese strahlende, leuchtende Kraft, dessen bin ich mir sicher, hat Lothar Lutzes Übersetzung gleichermaßen berührt, und ich hoffe, die deutschen Leser werden in Tukaram ein wohlvertrautes Licht aufleuchten sehen, das sie an Meister Eckhart, an Johannes vom Kreuz, Angelus Silesius, William Blake und einige andere Dichter erinnert, die von dem faßbaren und dennoch undefinierbaren Duft Gottes sprechen.

Anmerkungen

In diesem Buch wurde bei indischen Wörtern in der Regel die international übliche Schreibweise der englischen Fassung beibehalten.

Bahinabai Sioorkar (1629 – 1700)

Marathi-Dichterin, die – obwohl selbst brahmanischer Herkunft – sich von Bhakti (s. u.) und vor allem von Tukaram und dessen Dichtung angezogen fühlte und über ihren Besuch bei ihm in Dehu einen poetischen Augenzeugenbericht hinterlassen hat.

Bhakta, Bhakti

Tukaram ist ein dichtender Bhakta; er praktiziert und beschreibt Bhakti, d. h. eine unmittelbare, von der Vermittlung durch die brahmanische Priesterkaste unabhängige Liebesbeziehung zwischen der menschlichen Seele und Gott als der Allseele. Wie aus Tukarams Texten deutlich wird, bewegt sich das Verhältnis des Bhakta zu Gott von tiefster Selbsterniedrigung über zärtliche Hingabe und partnerschaftliches Einverständnis bis hin zu offenem Aufbegehren.

Dehu

Tukarams Geburtsort liegt am Indrayani-Fluß, mit Blick auf den Bhandara-Berg, auf den er sich zurückzog, um zu meditieren und seine Gedichte zu schreiben. Die Hügellandschaft um Dehu, in ihrer herben, für Maharashtra typischen Schönheit, liefert den natürlichen Hintergrund zu diesen Gedichten.

Gopala, Govinda, Hari, Keshava, Krishna, Narayana, Pandurang, Vishnu, Vitthal, Vithoba

Tukarams Gott hat viele Namen und ist doch immer ein und derselbe: Vishnu, der Welterhalter, in seinen verschiedenen Inkarnationen (Avataras) und lokalisierten Entsprechungen.

Karma(n)

Die menschlichen Handlungen und ihre Folgen im Lichte der Reinkarnationslehre; als Bhakta glaubt Tukaram an die Möglichkeit, sich durch vollkommene Bhakti aus dem Kreislauf von Geburt, Tod und Wiedergeburt zu befreien.

Pandharpur

Stadt in Maharashtra und Mittelpunkt der Vitthal-Vithoba-Verehrung, an dem sich zweimal jährlich die Pilger (Varkaris) aus Maharashtra zur Feier ihres Gottes versammeln. Sie ist eines der bedeutendsten religiösen und kulturellen Zentren des Landes.

Tulsi

Basilienkraut (Ocymum sanctum), Heilpflanze und heilige Pflanze vor allem für die Verehrer Vishnus, der eine Halskette aus Tulsi-Holzkugeln trägt. Dem Vorbild Vishnus bzw. Vitthals folgend, tragen auch die nach Pandharpur pilgernden Varkaris eine solche Kette.

Dilip Chitre, 1938 in Baroda geboren, lebt heute in Pune. Als Dichter schreibt er in seiner Muttersprache Marathi und in Englisch. Er übersetzt europäische und amerikanische Literatur ins Marathi und Marathi-Dichter ins Englische. 1994 erhielt er als höchste Auszeichnung für Schriftsteller in Indien zwei Preise der Literaturakademie, den Sahitya-Award für den ersten Band seiner gesammelten Gedichte und für seine englische Übersetzung ausgewählter Gedichte Tukarams.

Lothar Lutze war als Professor am Südasien-Institut der Universität Heidelberg tätig, wo er neuere indische Sprachen und Literaturen lehrte. Als Kenner indischer Kultur und Lebensformen lebte er mehrere Jahre in Indien und heute in Berlin. Lutze ist Träger des Tagore- und des George-Grierson-Preises.

Ein Triptychon und eine einfühlsame Annäherung an die Megastadt – die Geschichte, Gegenwart und Zukunft Bombays aus der Sicht dreier Autoren, poetisch eingefangen in Texten und ausdrucksstarken Bildern.

Stegmüller/Chitre/Dhasal
Bombay – Mumbai
Bilder einer Megastadt

Übersetzung der Gedichte aus dem Englischen und Marathi
von Lothar Lutze
160 Seiten, 90 Duoton-Abbildungen, Leinen, gebunden
ISBN 3-927743-26-7

तुका म्हणे तुका म्हणे तुका म्हणे
तुका म्हणे तुका म्हणे तुका म्हणे
तुका म्हणे तुका म्हणे तुका म्हणे
तुका म्हणे तुका म्हणे तुका म्हणे
तुका म्हणे तुका म्हणे तुका म्हणे
तुका म्हणे तुका म्हणे तुका म्हणे
तुका म्हणे तुका म्हणे तुका म्हणे
तुका म्हणे तुका म्हणे तुका म्हणे
तुका म्हणे तुका म्हणे तुका म्हणे
तुका म्हणे तुका म्हणे तुका म्हणे
तुका म्हणे तुका म्हणे तुका म्हणे
तुका म्हणे तुका म्हणे तुका म्हणे